杨硕 王甦 著

# 西夏盛典
XIXIA FESTIVAL

敦煌文艺出版社

# 图书在版编目（CIP）数据

西夏盛典 / 杨硕，王甦著. — 兰州：敦煌文艺出版社，2018.11（2023.1重印）
ISBN 978-7-5468-1644-9

Ⅰ. ①西… Ⅱ. ①杨… ②王… Ⅲ. ①话剧剧本—作品集—中国—当代 Ⅳ. ① I234

中国版本图书馆CIP数据核字（2018）第250699号

**西夏盛典**

杨 硕 王 甦 著

责任编辑：赵 静
装帧设计：李 娟 禾泽木

敦煌文艺出版社出版、发行
地址：（730030）兰州市城关区读者大道568号
邮箱：dunhuangwenyi1958@163.com
0931-2131373 2131397（编辑部） 0931-2131387（发行部）

三河市嵩川印刷有限公司印刷
开本787毫米×1092毫米 1/32 印张5.5 插页2 字数115千
2019年8月第1版 2023年1月第2次印刷
印数：3 001 ~ 6 000

ISBN 978-7-5468-1644-9

定价：36.00元

*如发现印装质量问题，影响阅读，请与出版社联系调换。*
本书所有内容经作者同意授权，并许可使用。
未经同意，不得以任何形式复制转载。

## Contents
目 录

001
西夏盛典

037
大医

106
别失八里

《西夏盛典》剧照

# 西夏盛典

## 大型战争史诗秀

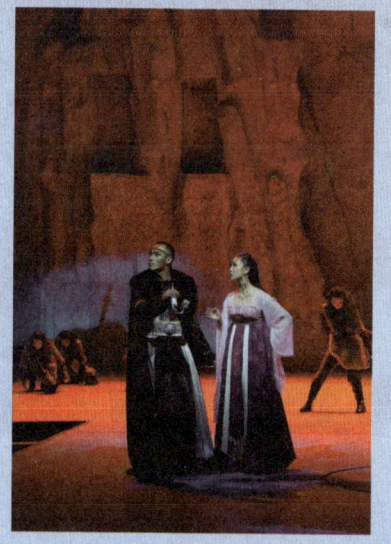

《西夏盛典》剧照

《西夏盛典》剧照

# 西夏盛典

## 大型战争史诗秀

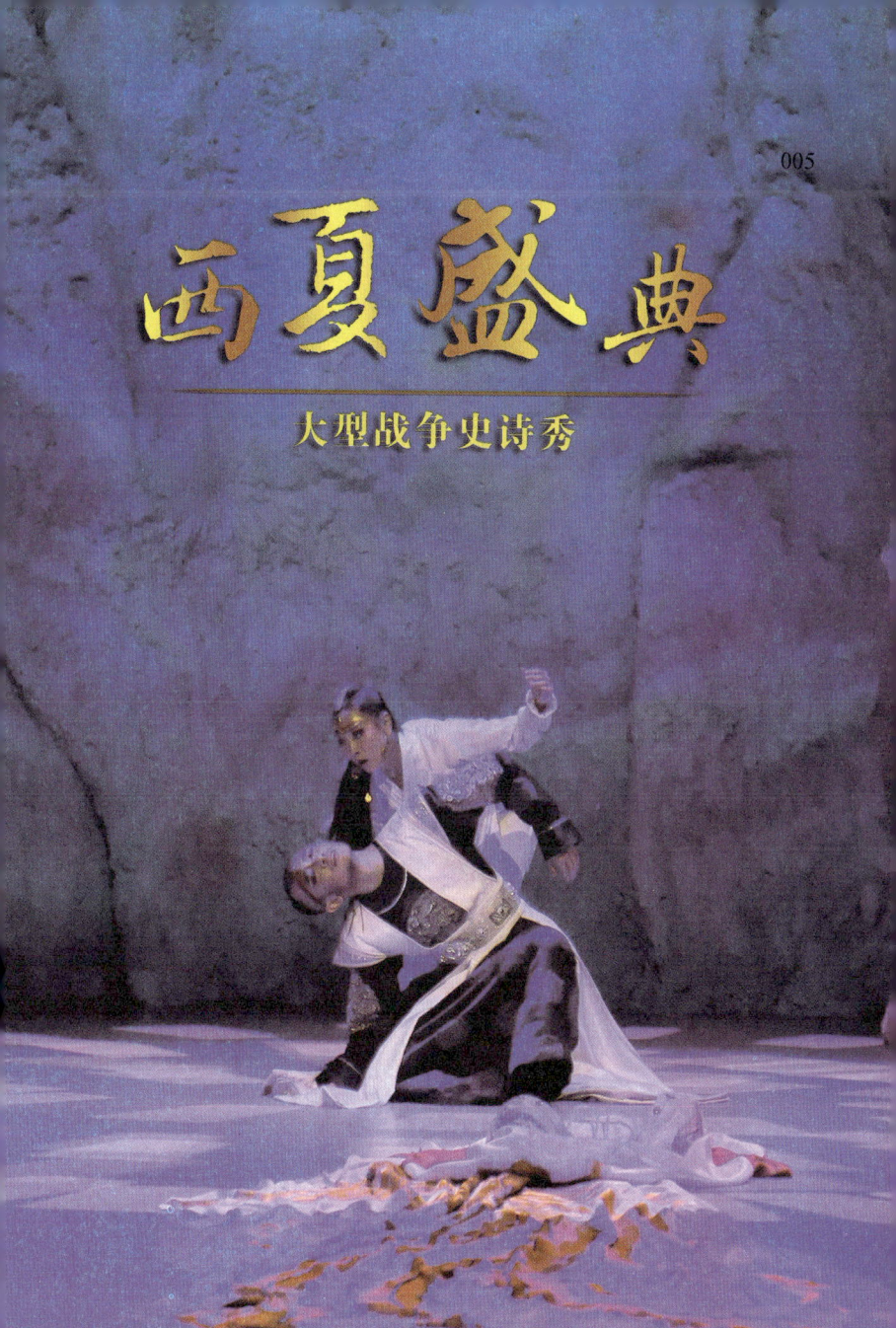

《西夏盛典》剧照

《西夏盛典》剧照

《西夏盛典》剧照

009

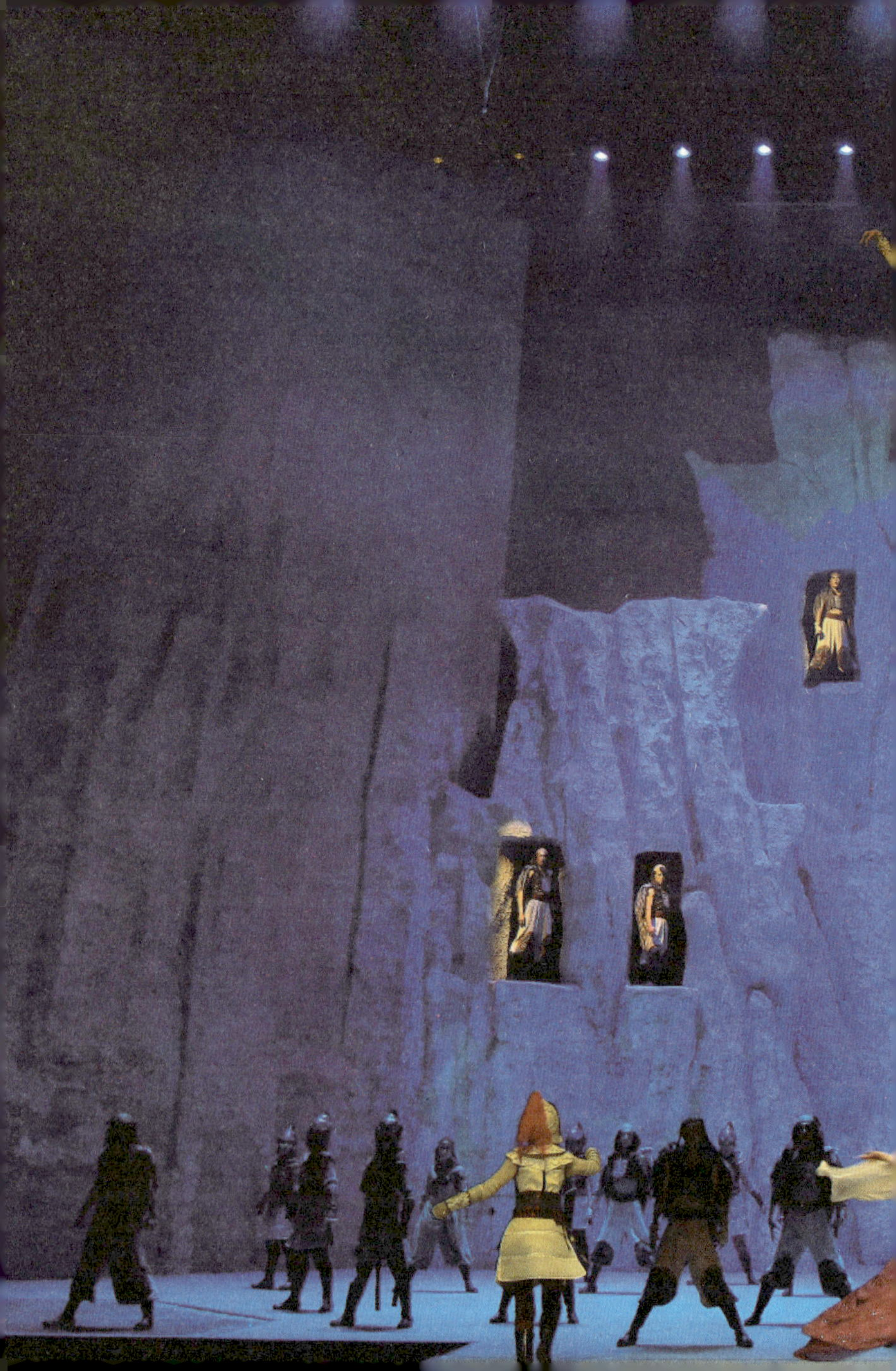

# 西夏盛典

## 大型战争史诗秀

《西夏盛典》剧照

【战争史诗秀】

# 西夏盛典

Xixia Festival

杨硕

**作者简介**

---

杨硕，毕业于中央戏剧学院戏剧文学系2000级本科。中国音乐剧协会会员。作品获中国话剧金狮奖、国家舞台艺术精品工程、天山文艺奖、南充国际木偶节优秀剧目奖、全国儿童剧展演优秀剧目奖等。

主要作品：音乐剧《火花》《别失八里》，百老汇音乐剧《拜访森林》中文版，儿童剧《绝对小孩》《月亮草》，话剧《红中》，情景喜剧《微星时代》等。

# 序

【观众入场时,整个剧场被360°的环形帷幔(吸幕)遮挡。

【启光。

【西域大漠,西夏的残垣断壁,带有岩石纹理的巨大人像伫立在台口两侧。

【一个蒙古萨满法师模样的演员在舞台中央祈祷。

画外音:在苍凉的西域大漠上,曾出现过一个神秘的民族——党项,他们的祖先从青藏高原迁徙到黄土高坡,在贺兰山下建立起一个辉煌一时的王朝。因为崇尚白色,党项人称这个王朝为"大白高国",而灭亡他们的蒙古人则称其为"唐古特"。这个白色的王朝在历史上的名字,叫作西夏……

【法师的祭祀结束,环形的吸幕升起。

【舞台背景是贺兰山的岩壁,一道似天然又似人工的阶梯蜿蜒曲折,直通山顶。

## 第一场　王朝末路

【战马的马蹄声和蒙古的号角声响起。

【40个蒙古士兵从剧场的四周涌上舞台,走着整齐的队列,气势磅礴,发出山呼海啸般的吼声。

蒙古士兵:唐古特!降!唐古特!降!唐古特!降!

【王出现在舞台前区,手里高捧着西夏的玉玺。他身后的蒙古士兵隐去。

画外音:公元1227年,西夏都城中兴府被蒙古大军包围,这个存在了近二百年的王朝,走到了命运的十字路口。战,意味着屠城的结局;降,大白高国百年的荣耀将不复存在……

【王妃上场,走到王的身边,满眼都是怜爱和悲凉,她托着王的手慢慢将玉玺放在王的胸前。

【台口一侧人像的头顶,一只岩石雕刻而成的妙音鸟活了过来,用歌声带着观众们进入了历史的记忆中。

歌　声:(唱)迦陵频伽,迦陵频伽,
我的歌声,能温暖世上所有寒冷。
我的歌声,能让冰雪消融。
我的歌声,可以把所有的心感动。
这歌声,带你回到梦中。
我的生命开始在美丽的雪山中,
可是我现在找不到,曾经那条回家的路。
一千年的生命,我看过世间美丽风景,
是与非,成与败,都会落幕。
迦陵频伽,迦陵频伽,
一切都在轮回中,没有不同。

画外音:在这百年王朝面临最后抉择的时刻,王想到了自己的祖先——大白高国的先王李元昊,和这个名字在一起的,是一个关于白龙的传说。

【多媒体投影出白龙的视频,在岩壁上盘旋飞舞。

【王和王妃看着飞舞的白龙,像是回到了那个久远的年代里。

【党项先民望着白龙祈祷。

【白龙在人们的祈祷中消失在舞台下方,像是钻进了水中。

【在白龙消失的地方,李元昊出现在舞台前区的升降台上。

【李元昊在传送带上做奔跑的表演,在他身边的舞台上,通过多媒体展现出雪山、草甸、树林、河流等景观,表现古老的党项先民从青藏高原迁徙到黄土高原的意象。

【一群彪悍的西夏男人涌上舞台。他们没有戴帽子,留着各种秃发的式样,和李元昊一起跳起传统的党项舞蹈,展示着男人的勇气和力量。

男人们:(唱)党项的男儿,有钢铁的脊梁,

从今天开始,不学别人的模样。

剪掉这,长头发,头皮闪闪发光,

就像那,迷人的,贺兰山的阳光,

闪闪发光,闪闪发光,闪闪发光,闪闪发光,闪闪发光,闪亮的阳光。

【男人们边跳舞边脱去华丽的衣裳,披上兽皮做成的衣服。

男人们:(唱)剥下狼皮,披在我身上,

从此拥有,无穷的力量,

它的牙齿,是我的武器,

狼的血液流淌,

我的身上血液流淌,拥有着无穷力量。

无穷的力量,

就在我身上,

让我勇敢坚强。

火热的胸膛,

寒冷的目光,

没有人能把我阻挡。

党项的男儿,贺兰山的脊梁,

从今以后,我们做自己的榜样。

【扮演李元昊的演员通过威亚,攀爬舞台后区的岩壁,表现出俯视的行走效果。投影将带有西夏文字的图样由下而上投射在岩壁上。随着李元昊的攀爬,图样像是跟随着他的脚步铺满整个岩壁。

【李元昊攀登到岩壁的顶端,由俯视改为站立的姿势,一件白色的锦袍从天而降。他穿上锦袍,带上王冠,向舞台下方的众人伸开双臂,有君临天下的威仪。

【岩壁上的文字交织变幻,组合成西夏文字"大白高国"。

【所有人向李元昊跪拜。

【收光。

## 第二场　巾帼英雄

【妙音鸟的歌声响起,将王带回现实。

画外音:然而,白龙永远不会预料到,这个伟大王朝的最后一天,等待的将是什么样的结局……这一刻,在西夏最后一位王的身边,只剩下这一群倾国倾城的女人。

【舞台两侧的升降台升起水池,舞台中央的升降台上投影出花瓣和水影的效果。

【妙音鸟在空中的吊环上盘旋飞舞。

歌　声:(唱)迦陵频伽,迦陵频伽……

花容月貌,围绕在你身旁,

在你眼中,已不是天堂,

花儿总会凋谢,不知该随风飘向何方。

镜花水月,生命无常,

阴晴圆缺,看不到永远美满的月光。
一切风景只是水中倒影,
繁华落尽,人生不过梦一场。

【一群女人在水池中嬉戏舞蹈。

【王妃走到舞台中央的升降台上,在投影的配合下为王跳舞。

【王看着为自己舞蹈的王妃,又看着身边残破的城池,他脱下自己的大氅,披在王妃身上,两人依偎在一起。

画外音:而在王的记忆中,大白高国的女人们,从不是这样柔情似水,而是金戈铁马,有着巾帼不让须眉的万丈豪情……

【舞台前区和两侧升降台下降。

【在舞台后区,一群扮演西夏骑兵的演员用马蹄舞的形式表演西夏骑兵"铁鹞子冲锋"的情景。

【多媒体在舞台后区的岩壁上投射出永乐城的环境以及战争的场面。

【一队身穿宋朝军服的士兵手拿长矛出现在舞台上,他们用长矛敲击着地面,发出山呼海啸的声音。

【西夏骑兵挥舞长刀,冲锋陷阵,击败宋军。

【舞台上空,有一名身穿盔甲的西夏勇士一跃而下,顺手将宋军的一面王旗扯下,抛在地上。

【舞台前区的升降台升起几名宋军士兵,他们围住西夏勇士。宋军士兵腰中系着威亚,当西夏勇士手起刀落,几名宋军飞向半空。

画外音:恭肃章宪梁氏,掌管西夏政权十八年。她的一生,为权力而生,为权力而战,为权力而死,充满了血腥和杀戮。她身上流着汉人的血,却为党项人打出了一片江山。

【宋军溃逃,西夏的骑兵围住西夏勇士,她们一起摘掉了头盔,长发如瀑布般倾泻而下,她们脱去盔甲,展现着女人的万千仪态。

【舞台后区,西夏的王旗高高飘扬,一面写有"梁"的大旗迎风飞舞。

【王妃走进女人们的队伍,和她们一起消失在舞台上。

【王在舞台的角落里看着回忆中曾经的巾帼英雄们,在他身边,已经没有了王妃的踪影。

【王的思绪被拉回现实,他猛然发现,自己佩带的短刀只剩下刀鞘。

【收光。

## 第三场　永生极乐

【蒙古的号角响起。

【蒙古的王帐前。

【在一群蒙古士兵的簇拥下，王妃身着锦袍，头戴凤冠，像新娘一样走进蒙古的军营。所有的蒙古士兵们像野兽一样围拢着她。

画外音：此时，这位倾国倾城的西夏王妃，她的镇定和决绝让身经百战的蒙古士兵们震惊，甚至没有靠近她的勇气。就算是面对着成吉思汗这位战争之神，她也没有过哪怕是一丝的胆怯……

【王妃走进成吉思汗的王帐，通过灯光变换，可以看到王帐内的剪影。

【王妃向成吉思汗行跪拜礼，成吉思汗挥手，王妃站起身，款款脱掉了身上的衣服。

【王帐外的蒙古士兵们发出一阵狼嚎。

【王帐内的成吉思汗向王妃招手,示意她靠近自己。

【王妃走向成吉思汗,忽然,她从身上拿出一把匕首,刺向成吉思汗。

【王帐内收光,同时王帐向舞台两侧分开。

【杂技摇绳的装置从舞台上方落下。

【蒙古士兵山呼海啸般的吼声响起。

蒙古士兵:阿勒呀! 阿勒呀! 阿勒呀! 杀!

【由杂技演员扮演的王妃被固定在摇绳上,通过杂技技巧展现王妃被绞死的情景。

女:花容月貌,已不在你身旁,

　　我的身影,留在你心上,

　　不要为我悲伤,我只是跟随,心的方向。

男:永远记得,你美丽的模样,

　　你的笑容,让百花开放,

　　为何,要用这样美丽的身影,拥抱死亡。

女:只有这样——

男:难道这样——

女:才能见证,我那永恒的信仰。

男:才能见证,你那永恒的信仰。

女:花儿开放,

男：要用鲜血供养，

女：它才会地久天长。

男：它才会地久天长。

男：我不害怕，面对这死亡，

　　只是难舍，你温柔的目光。

女：沾满鲜血的身躯，长出雄——鹰——的——翅——膀——

女：多么希望，在你身旁，和你共度，生命中美好的时光。地久天长，是美好的愿望。已经奉献，信仰。

男：多么希望，你陪在我身旁，和我一起度过那，生命中美好的时光。地久天长，是美好的愿望。你的身影，信仰。

【王出现在舞台前区，手中拿着王妃的匕首和一缕青丝。

【长长的白绫从天而降，妙音鸟在空中盘旋飞舞。

【舞台背景的石壁上投射出佛教题材的影像，与演员的表演相结合，展现出壁画活动起来的效果。

【扮演飞天伎乐的演员拿着琵琶、排箫、羌笛、竖琴、埙、神鼓等乐器，配合着音乐进行表演。

【整个舞台表演展现着佛教中记载的极乐世界的景象。

【舞台两侧的升降台上,杂技演员用滚灯的肢体动作进行表演,表现着极乐世界的美丽与空灵。

歌　声:(唱)色与相,皆是那虚幻,

一花一世界。

因与果,早就有分辨,

为你心所见。

极乐与苦海,一念间。

妙音鸟:(唱)我的歌声,能温暖,世上所有寒冷。

我的歌声,能让冰雪消融。

我的歌声,可以把所有的心感动。

这歌声,为你指引道路。

这里充满了幸福,是快乐的旅途。

这里没有鲜血眼泪,世间那万物的归属。

下一次的轮回,你将得到永远的幸福,

不过现在,一切都已落幕。

一切都在轮回中,没有不同。

【妙音鸟在极乐世界的映衬下,跳起了涅槃的舞蹈。音乐由舒缓转为激烈的节奏,最终妙音鸟幻化成一道火焰,燃烧成灰烬。

## 第四场　涅槃盛典

画外音:传说,那天的朝霞,如血一般鲜红。在大白高国最后的黎明到来之前,王做出了一个只属于荣耀的决定……

【舞台背景上,火光映红的天空,蒙古大军战斗的号角响起。

【蒙古法师在为大军做战斗前的祭礼。

蒙古军队:唐古特,杀!唐古特,杀!唐古特,杀!

【王手捧玉玺,转身走向舞台后区的岩壁,像李元昊一样,攀爬在岩壁上,步步登高,像是追寻着祖先的足迹。多媒体在城墙上投射出马蹄的特写画面,以及西夏特有的人文遗迹。

【王攀爬到岩壁顶端时,转过身。

歌　声:(唱)人生旅程,风雨飘摇,

亦真亦幻,几多烦恼,
来时的路,难以寻找,
前方,斜阳照,云缥缈。
策马逞英豪,青春正年少,
荣华富贵似鸿毛,真英雄只为红颜折腰。
看地阔天高,过山水迢迢,
胸中热血,还在燃烧。
红颜弹指老,天地任逍遥,
策马相伴剑与刀,头可断,鲜血胜似狂潮。
任风雨飘摇,凭贺兰山高,
一身骄傲,热血还在燃烧——燃烧——

【视频投射出王城外墙的投影,舞台景象由城内转至城外。

【蒙古军队排列整齐地出现在舞台前区。

【城墙上,有蒙古士兵通过威亚在岩壁上横向移动,在岩壁上做一些类似跑酷的技巧动作,像是在攻城。

【城头上的王身后出现了一群西夏勇士,他们赤足散发,围绕在王身边,准备迎接死亡的盛典。

【王将玉玺高高举过头顶,西夏勇士们像跪拜李元昊那样,向王跪拜。

【王将玉玺从城头抛下。与此同时,岩壁通过投影,展现出火焰的效果。

【岩壁上的蒙古士兵在火焰中跳跃挣扎。

【王和西夏的勇士们发出一阵狂笑,然后纵身投入烈火,和蒙古士兵一起化为灰烬。

画外音:荣耀的大白高国,选择了最为荣耀的方式结束了自己的历史,然而这并不是终点。在大白高国灿烂的火焰中,一个崭新的生命破壳而出,开始了新的旅程……

歌　声:(唱)迦陵频伽,

冰雪消融,春来到,小草钻出土壤,

山花烂漫,感受夏日阳光。

万物凋零,秋天到,不要感到悲伤,

等春风,花儿依旧芬芳——

太阳每天都升起,海水潮起潮落,

月亮总有阴晴圆缺,四季有不同的颜色。

生命没有终点,只是没有想象中美满,

生与死,永相伴,不再孤单。

迦陵频伽,迦陵频伽。

【在烈火的余烬中,一只妙音鸟涅槃重生,通过360°威亚表现展翅飞翔的情景。

歌　声:策马逞英豪,青春正年少,

(策马,策马逞英豪,青春,青春正年少)

荣华富贵似鸿毛,真英雄只为红颜折腰。
(似鸿毛,真英雄,真英雄,只为那红颜折腰)
看地阔天高,过山水迢迢,
(哪怕地阔天高,哪怕那山水迢迢)
胸中热血,还在燃烧。
(胸中的热血,热血,还在燃烧)
红颜弹指老,天地任逍遥,
(红颜弹指老,红颜弹指老,天地任逍遥,天地任你逍遥)
策马相伴剑与刀,头可断,鲜血胜似狂潮。
(相伴剑与刀,哪怕头可断,那鲜血胜似狂潮)
任风雨飘摇,凭贺兰山高,
(风雨任飘摇,豪气比天高,我一身骄傲)
一身骄傲,热血还在燃烧——燃烧——
(热血热血热血热血燃烧)

【所有演员在音乐声中谢幕。

# 《西夏盛典》:
# 用信仰的力量面对历史的车轮

2016年6月6日,《西夏盛典》首演的日子。按制作方的说法,这叫"六六大顺",为这部商业演出讨了个好彩头。《西夏盛典》是我第一次接触"秀"这种演出模式,是我已有的创作中,最不像戏的一部戏,演员不能说台词,更不能唱,而是包含了舞蹈、杂技、特技等等多种舞台表现样式。演出时长也是我已有的大剧场创作中最短的,只有六十五分钟。但就是这样一场以吸引游客为目的,被贴上了"绚烂""香艳"这些商业标签的演出,却拥有着迄今为止最让我留恋的深刻主题——曾经的辉煌该如何面对历史车轮的碾轧?当一个文明终将消亡之时,人该如何面对?甚至上升到哲学层面,人在面对死亡时,究竟应该是什么样的态度?信仰带给人的,究竟是现实的解脱还是灵魂的抚慰？这些问题，当然是一部"秀"所不能承载的，所以就把这样的意犹未尽，留给这篇心血来潮的文字吧！

人是喜欢说"想当年"的，《西夏盛典》前半场的大部分时间都在说"想当年"。在中兴城破，党项面临着亡族灭种之时，王陷入了这种"想当年"的意境中，先王白龙李元昊，巾帼英雄梁皇后，都是萦绕在他脑海中挥之不去的憧憬。当观众为威亚、艳舞的视觉轰炸所陶醉时，我却被一个简单的调度所虐心——王和王妃走过回忆中战无不胜的皇后身旁，那一刻，王的眼神中充满了眷恋和无助，以及那句我们在困境中经常挂在嘴边的话："要是你还在，该有多好！"这不仅是一个穷途末路的王的呼喊，更像一个迟暮的老人在回忆自己的青春——时间是把杀猪刀，无论是多么灿烂的辉煌，也终将被历史的雨幕所笼罩，只留下只言片语的断壁残垣。当这一刻来临时，人的努力和挣扎，被历史的车轮碾轧得无比不堪和血腥。在时间面前，人除了逆来顺受，别无他法，这样的残酷与悲凉，恰恰应该是这部商业演出所带给观众最大的震撼与感动。然而，如果仅仅如此，恐怕这样的命题会带给人太多的无奈与无助，所以在王妃死后，王的大彻大悟就显得更为重要。剧中用了大量的杂技和威亚，来展现极乐世界的美丽与超凡，其实这一切说穿了，无非就是为了"不怕死"这三个字。这就回到了开篇时我所提到的那个永恒的哲学命题：人在面对死亡时，究竟应该怎么办？人在面对信仰时，究竟应该抱以什么样的态度？我很庆幸，在久远的历史记载中，西夏是一个全民信仰佛教的国家，因此在剧中，娱佛的使者妙音鸟始终可以萦绕在王的身旁，为他答疑解惑。而在现实社会中，信仰缺失的一代所面临的处境，才真的是生死攸关。无信仰主义者当然可以说信仰是骗人的，忠实的信仰者，表现得却是那样的不食人间烟火。也许我对于信仰理解得过于浅显，无法从更高的层面来看待我们所面临的一切困境，但就"生死"这个哲学命题而言，信仰却能够给予我更多的帮助。在我看来，信仰不该是寻求现实社会的解脱，更不该是我们逃避现实的工具，信仰最大的价值在于，当人类面对死亡时，由于有强大的精神支柱，所以他们的心中不再充满恐惧，可以有尊严地面对死亡，就像妙音鸟对王所演唱的那样："下一次的轮回，你将得到永远的幸福。"这不仅是对王的一种宽慰，也是信仰的价值所在，也恰恰应该是这部商业"秀"的演出所蕴含的最深刻的主题：当历史车轮碾轧过无比灿烂的辉煌，当人终究逃不过死亡的脚步，我们唯一能做的，就是选择有尊严地面对——红颜弹指老，天地任逍遥，策马相伴剑与刀，头可断，鲜血胜似狂潮——这不仅是真正的解脱，更应该是信仰的力量。

今天首演，一位宁夏的朋友来看我，还告诉我一件趣事——宁夏的国宝西夏铜牛，前段时间一只眼睛总在淌水。我把这件事当成一个笑话，讲给钟浩导演，他说也许是铜牛知道有人还在惦记着西夏吧。信则有，不信则无。既然信仰的力量可以抵御历史车轮的碾轧，跨越千年的铜牛也许真的有灵性吧。至少我信，你呢？

037

《大医》

《大医》剧组首演合照

039

编剧接受媒体采访

2018.8.20"南锣鼓巷戏剧节",观众热情鼓掌

化妆师为演员粘头套

化妆师为饰演芍药的演员化妆

导演和演员讨论服装细节

开演前，演员检查服装

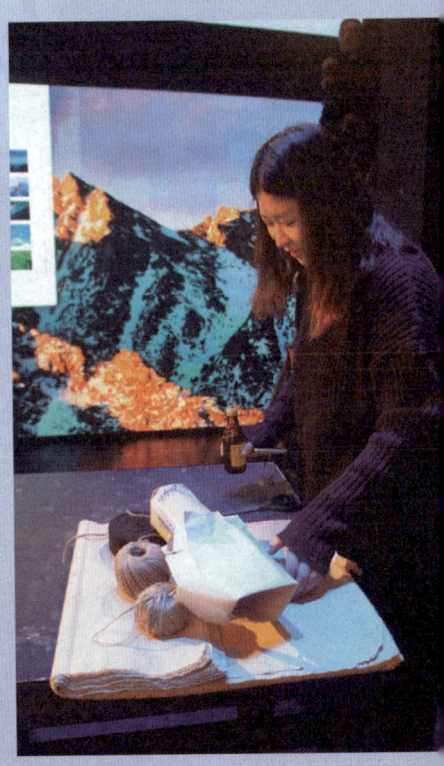

紧张有序的合成现场　舞台监督现场制作道具

大醫

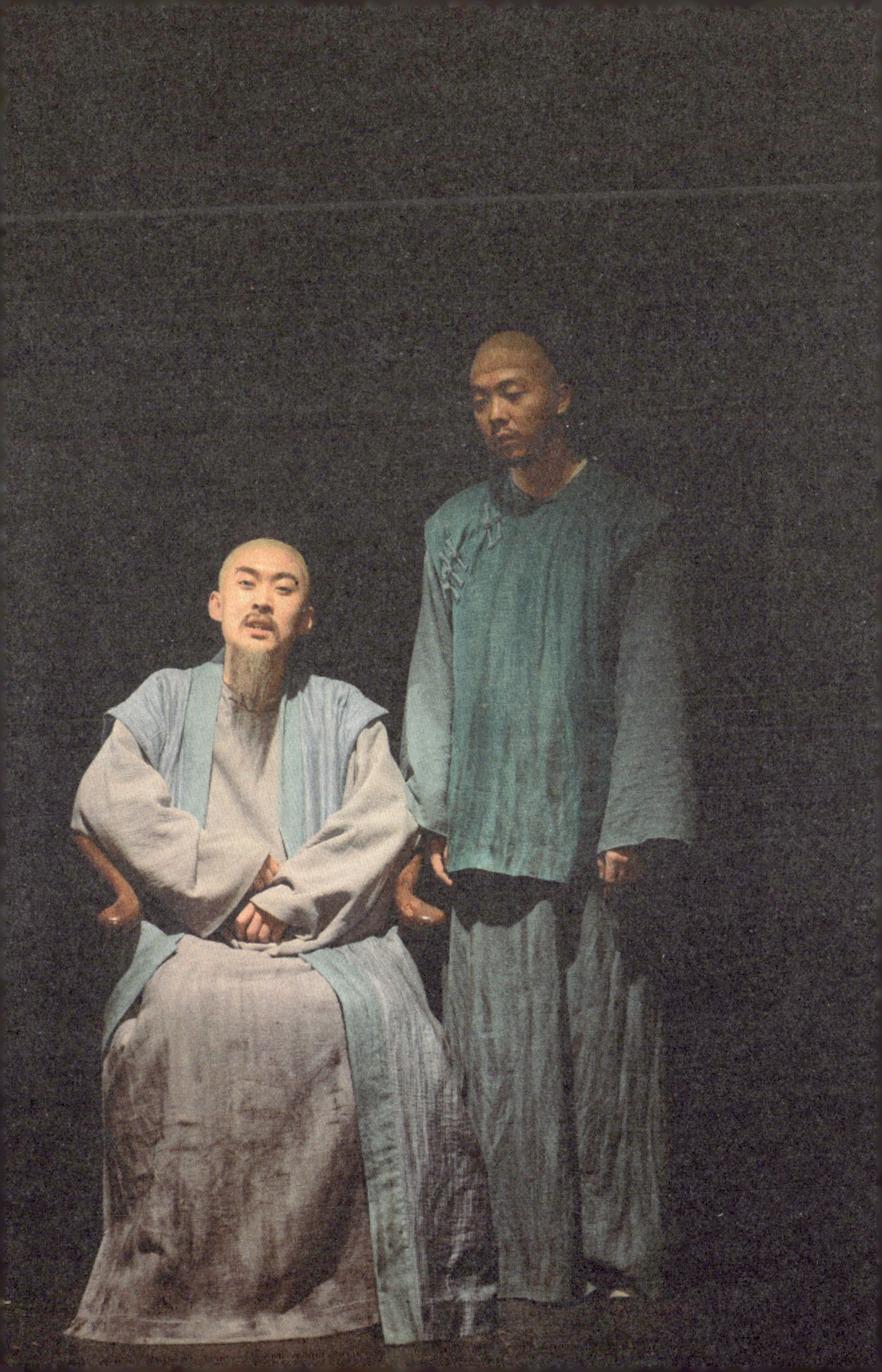

▲
《大医》剧照

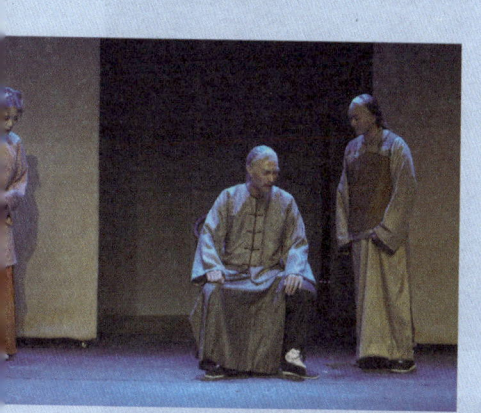

045

《大医》剧照

《大医》剧照

《大医》剧照

《大医》剧照

《大医》剧照

《大医》剧照

《大医》剧照

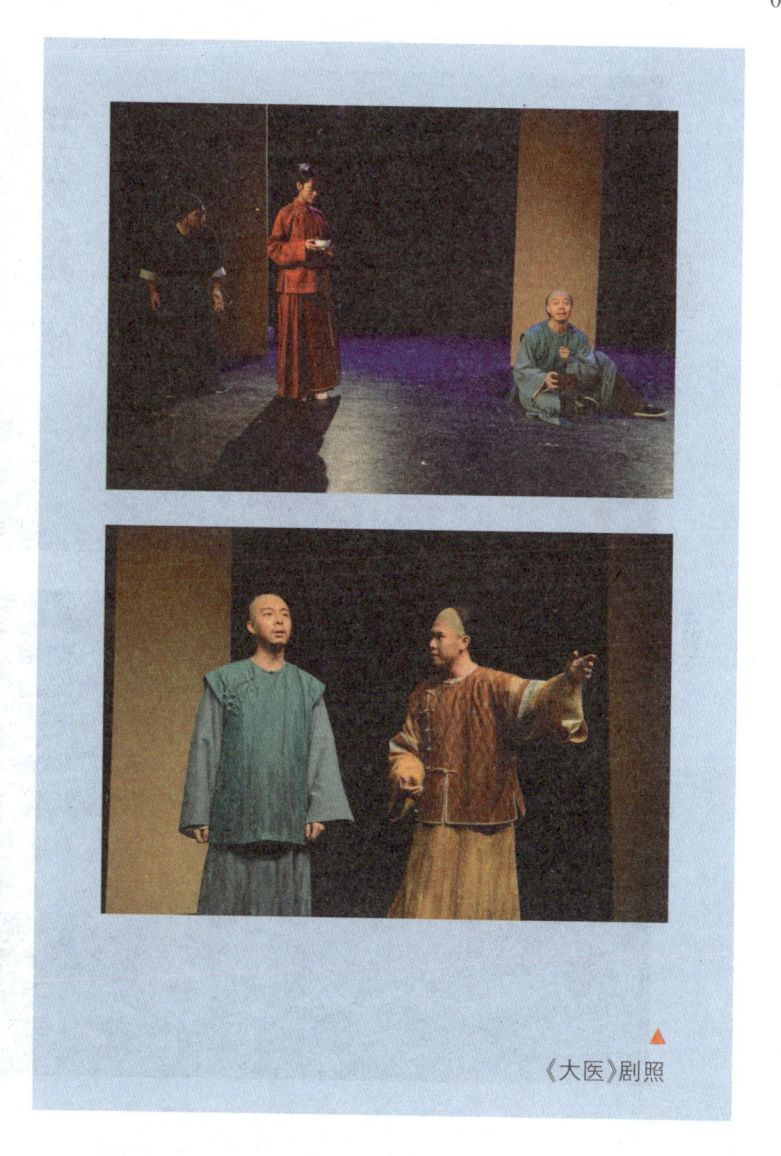

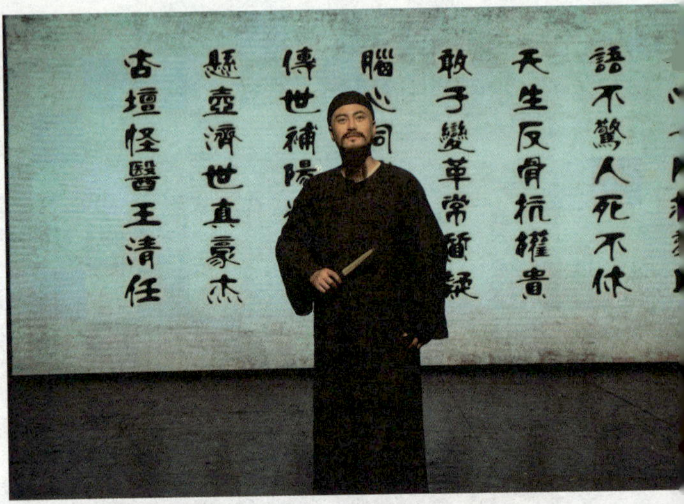
語不驚人死不休
天生反骨抗權貴
懸壺濟世真豪杰
杏壇怪醫王清任

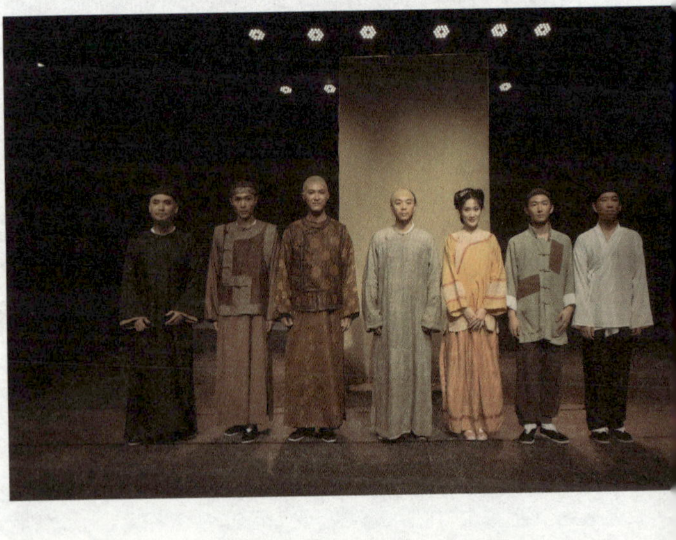

**【话剧】**

# 大医
Doctor

王甦

## 作者简介

王甦,青年编剧,毕业于中央戏剧学院戏文系,现就职于北京人民艺术剧院。2015年参加国家艺术基金话剧编辑人才培养研修班,2016年获得北京文化艺术基金青年艺术人才创作扶持。话剧作品:《我是余欢水》《冰雪圆舞曲》《冰山在融化》《追梦的女孩——少年宫的故事》《花果山漫游记》《课本人大作战》等。《无果花》入围第二届中国话剧原创剧目邀请展,参加北京文化局"北京故事"优秀小剧场剧目展演。《手心手背》入选2016年度北京市文化艺术基金青年艺术人才扶持项目。《海上花开》为2017年度北京市文化艺术资金资助剧目,2018北京青年原创戏剧展演季剧目,2018"海之声"新年演出季开幕剧目,海淀区"大写中关村·聚焦海淀人"剧本征集活动第一名。影视作品:电视剧《奇幻乐园》《南城遗恨》《密站太阳山》《冷案》等;电影《小白领大翻身》;微电影《大林寺桃花》《乐不思蜀》等。

## 第一幕　序

【台上有四扇屏风,可随场景变化而变化。台前有一张桌子,桌上有惊堂木。

【说书人身穿长衫,手持纸扇,走到舞台前。

说书人:睡梦长来睡梦长,孟良张飞比刀枪;岑彭马武战吕布,多亏罗成那杆枪;开黑店的孟姜女,哭倒了长城的孙二娘;大破天门阵是刘金锭,穆桂英报号下南唐;孙大圣又把炊饼卖,大闹天宫——是武大郎。(拍)啊,我这全错了合着。错有错的道理。各位看官,今天我说的这部书里的主人公,那错得比我还离谱呢。

话说这故事发生在大清乾隆年间。那时节,西方忙着工业革命,大清忙着闭关锁国。贪官们忙着四处搜刮百姓,正是国弱家贫百姓苦呀。洋人带来"福寿膏",实为害人鸦片烟。官员贵族们不明道理,只道是抽过之后赛神仙。民间的百姓也是一一效仿,大清朝风雨飘摇,岌岌可危。这生逢乱世,定有英雄出。此人姓王名清任,字勋臣,河北玉田人。年少气盛的王清任,家族世代行医。习得一身好武艺,被朝廷点为武秀才。春风得意少年郎,自有佳人来相随!各位莫急,请听我一一道来。(拍惊堂木)

### 第一场

【时间:乾隆年间。

【二月初二,河北玉田,麻山寺。

【人声鼎沸,远处依稀有庙会的鼓乐声。游客纷至沓来,好不热闹。

【一棵梅花树下,豆蔻年华的芍药款款走来。

芍药:(欣赏着远处的风景)麻山寺,果然名不虚传!(回头望)爹走得太慢了!(对着半山腰喊)爹!快点呀!庙会有什么可看的!快到山顶上来!(四处环视)居高临下,瞭望村落,浮烟飘荡,大树灰屋,云涌村移,海市蜃楼,纵横阡陌,斑驳田畴,说是人间,宛若仙境。(丝毫没察觉到危险)

【树丛里有窸窸窣窣的声音。

【芍药忽然脚踝剧痛,瘫坐在地。

芍药:啊!有蛇!来人啊!快来人!

【山顶人迹罕至,芍药逐渐体力不支。意识开始模糊时,王清任挽着裤腿走来。

芍药:我好像被蛇咬了,救……我……

【王清任不由分说,掀开芍药的裤腿,检查伤口。

王清任:啊!完了完了!没救了!

芍药:啊!(昏过去)

王清任:差点儿就没救了……姑娘!醒醒!你快点!快点!(打开随身的葫芦)喝!

芍药:这是什么?

王清任:让你喝你就喝!

【芍药喝了一口葫芦里的药酒,被呛得咳嗽连连。

【王清任趁着芍药喝酒,把她伤口的毒汁吸了出来。

芍药:你干什么?

王清任:不想死就别动!(跑开了)

芍药:什么人啊!看到我被毒蛇咬了竟然不管我!救命!救命!(体力不支,靠着大树蹲下来)

【王清任跑了过来,吐出一些草药。

芍药:这是什么?

王清任:南南南……(处理伤口)

芍药:你这个人真是奇怪。这是天南星?你懂医术?

王清任:(已经处理好伤口)姑娘认识药材?难得难得。天南星,能解毒消肿、祛风定惊、化痰散结,救你这被草蛇咬伤的伤口足矣!(转身就走)

芍药:喂!怎么说来就来说走就走!你叫什么名字?你救了我,我总得知道恩公的姓名!

【王清任已经跑远了。

【这时,陆嘉手摇纸扇,风度翩翩地走来。

陆嘉:这位小姐,你怎么独自在此?

芍药:这位公子,我被蛇咬了,一时动弹不得,我爹是太医……

陆嘉:(眼珠一转)哦?小姐可是城中赫赫有名的蔡太医家的千金?

芍药:是啊,我爹就在半山腰,你能否替我去请他前来?

陆嘉:义不容辞。小姐在这里稍候。只是,你一个人在这山顶会不会不安全?不然……

芍药:(急得大喊)快去啊!

陆嘉:是,是,小姐莫急。(跑开几步)素闻蔡小姐貌美如花,但性格泼辣,果然名不虚传。

(下)

芍药:唉,早知道这样,我一定听爹的话,逛庙会就好,为什么偏要来爬山呢!

【片刻,陆嘉带着蔡太医前来。

蔡太医:芍药!

芍药:爹!

蔡太医:(立刻把脉、看伤口)有人给你敷了草药,是天南星?

芍药:是啊,还给我喝了些难喝的鬼东西!

蔡太医:还好,这些药延缓了毒素的发作,你不会有事,我们速速回家去吧!

陆嘉:蔡伯父不必着急,我家的马车就在山脚下,让我送您和小姐回去吧!以免耽误时辰。

蔡太医:那就麻烦陆公子了,还没谢过陆公子报信之恩。(行礼)

陆嘉:蔡伯父千万莫言谢。您身为御医,是我们玉田的人中龙凤,晚辈早就钦佩不已。

芍药:(打断)我中毒了!爹,陆公子!你们以后有的是聊天的时候!

蔡太医:(嗔怪又无可奈何)芍药!对了,是谁给你敷了药,你知道那人的姓名吗?我们来日也好一并感谢。

芍药:那人言行古怪,我没来得及问他的姓名。(忽然想起来)哦,他的葫芦还在这里。

蔡太医:(接过一看,葫芦上面有挂饰)王家医馆？(大笑)哈哈哈！原来是他！

【收光。

## 第二场

【王家医馆。

【起光。

【伙计推开屏风，把桌子搬到后面，摆好椅子。换成王家医馆内景，伙计留下擦桌子。

【蔡太医走进王家医馆。

伙计：蔡老爷，您来了。

蔡太医：你家老爷呢？

伙计：老爷出诊去了。少爷在家，我去给您叫！(跑下)

【王清任迎出，伙计跟在后面。

王清任：(赤足跑出来，口干舌燥，大喊)小六子！水啊！水！

伙计：少爷，鞋！

蔡太医：这都快成亲的人了，怎么还这么不拘小节。

王清任：伯父恕罪，让您见笑了。我刚才在后面研制了一个新的方子，吃下去以后浑身燥热。伯父今日前来有何要事？

【蔡太医坐下，王清任恭敬地站在旁边。

蔡太医：唉，我这几天眼皮总是跳，心里不安生啊。

王清任：在我看来，眼皮跳动和灾祸吉凶并无关系。我给您个方子——明天早上，您去山上走走，听听鸟叫，闻闻花香，自然就好了。

蔡太医：好小子，我在太医院数十年，从没有大夫这样开药方！说正事，勋臣（王清任的字），你父亲又去城北的陆家看病了？

王清任：是，陆家老太爷这几天身子不大好。

蔡太医：那个陆老太爷，成日酗酒，沉迷女色，我和你父亲多次劝他要爱惜身体，他就是不听。这样糟蹋身体，怎么能不得病？

王清任：蔡伯父说的是。

蔡太医：龙生龙、凤生凤，老鼠的儿子会打洞，他儿子陆嘉也学了一身纨绔子弟习气。自从那次在麻山寺见过了芍药，他让他爹到我家提了两次亲，我虽然年老，却不糊涂，绝不能把芍药嫁到陆家去！你是我亲自挑选的乘龙快婿……

王清任：小六子！伯父您说，您说。

蔡太医：我对你可是寄望很深呐！你年纪轻轻就学得一身好武艺，是我们玉田有名的武秀才，但你们王家世代行医，你爹几次和我提起，他真害怕王家的医术断送在他手里。（少爷、伙计在旁试药）

王清任：哈哈哈哈，不瞒您说，我本来是不打算行医的。

蔡太医：哦？

王清任：我立志学武就是想带兵打仗，戍守边关，为国尽忠。可我到了军营才知道，别看我大清一片歌舞升平，可实际内忧外患，就像一个受了内伤的病人，虽说可以和平常人一样行走说话，但内里已经虚透了，病入膏肓。我们都病了，不仅仅病在身体，更病在心里。骑马打仗治不了心，还是得薄荷甘草、黄芪当归！

蔡太医：好！这话听着提气！你这心思还没和你父亲提过？

王清任：还没来得及。您知道，家父总是忙碌。

【王父背着药箱回来。蔡太医起身相迎。

王父：蔡兄！久等！多有得罪！

蔡太医：贤弟，不必客套。

王父：不急。勋臣，我前些日子买了些上好的湖笔，你去书房取来，交给你蔡伯父。

王清任：好的，父亲。（下）

王父：蔡兄坐。

蔡太医：贤弟——

王父：不急。小六子看茶。

蔡太医：贤弟……

伙计:茶来了。您喝茶,蔡老爷喝茶。

王父:喝茶,喝茶。这茶啊……(被打断)

蔡太医:贤弟,我今天来是要和你商量一下孩子们的婚事,该邀请哪些宾朋好友。这话可算是说出来了。(喝茶烫到嘴)唉哟!

王父:不急不急。

蔡太医:陆老爷子身体怎么样了?

王父:唉,怕是华佗在世也没有回天之力了。我前次出诊,已经告诉他的公子陆嘉,该准备后事了。

蔡太医:贤弟,为兄要提醒你一句。陆家世代为官,城府颇深,生性阴狠。他家的公子陆嘉是个工于心计的人,刚刚考得秀才,来日是一定要当官的。他父亲若是病故在你手里,怕是会迁怒于你。

王父:多谢兄长提醒,只是他陆家在本地积怨已深,别人不愿意为陆老爷治病,我也是不忍他忍受痛苦,只是用一种最新的药材拖延时日罢了。

蔡太医:哦?什么新药?

王父:福寿膏,是洋人带进来的。这药对止咳、止疼有奇效,但绝不可过量服用。不瞒你说,不到万不得已,绝不能轻用。

蔡太医:这番话,你可和陆嘉说过?

王父:自然说过。我必须如实相告。

蔡太医:唉,同泽贤弟!你太老实了!陆家未必肯念你的好!

王父:人各有命,总要去见阎王,但行医之人总是要有几分仁慈之心。

蔡太医:贤弟,下个月勋臣就要和芍药结婚了。芍药是我唯一的女儿,我希望她能幸福,所以今日特来提醒。

王清任:湖笔来了。

王父、蔡太医:(异口同声)下去!

王父:但说无妨。

蔡太医:勋臣是否得罪过陆嘉?

王父:勋臣?没有吧。这孩子要么就是练武,要么就是研究古代医书典籍,和陆嘉没什么交往。

蔡太医:你知道,我回绝过陆家的提亲。前一阵,京城来人,要我们本地的医学署举荐英才赴太医院考试。我本想举荐贤弟,但念你年迈,就想举荐勋臣。

王父:勋臣?兄长说笑了!这孩子差得远,况且,他一心习武,根本不肯花心思学医。他这点本事顶多到太医院做医丁,不能行医。

蔡太医:贤弟!你王家世代行医,家传的医术谁不佩服?勋臣刚刚和我说了,他已经决定弃武学医了!

王父:真的?

蔡太医：贤弟，你听我说。我相信你和勋臣的医德和人品，但是陆老爷子三番五次要我举荐陆嘉。

王父：可陆公子似乎并不懂医，他是个写文章的秀才。

蔡太医：问题就在这里！陆嘉文章写得不好，就算当官，也当不了大官！所以陆老爷动了心思，要他儿子去太医院做官，不必行医，负责采买药材。这可是个肥差。

王父：兄长的意思是？

蔡太医：我当了半辈子御医，好歹也有些故交，我是一定要推荐勋臣的。我必须亲自问问贤弟的意思，愿不愿意让他到京城去学医？

王父：愿意，当然愿意。

蔡太医：好，那我心里就有数了。咱们以茶代酒。

【管家急匆匆地跑进来。

管家：老爷！出大事了！

王父：管家，出了什么事？

管家：陆老爷子刚刚咽气了！陆嘉非说是老爷下错了药！在门口闹开了！

蔡太医：这可如何是好！

王父：蔡兄不要惊慌，我并没下错药，他们陆家也不能不讲道理。我去和他们讲清楚。

【王父和管家下。

【蔡太医急得来回踱步,扇扇子。

王清任:出什么事了?

蔡太医:陆老爷子过世了,他家里人在门口闹事!

王清任:哦? 我去看看!

【王清任正要出门,管家又急匆匆地跑回来。

管家:少爷! 快去看看! 陆家人蛮不讲理,老爷被打伤了!

【王清任快步跑出去,管家随下。

蔡太医:我说我眼皮一直跳! 果真出事了! 都听我的,明天就把婚事办了!

【暗转。

【王清任与芍药大婚之夜。

【芍药穿着红色的吉福,盖着盖头,等了良久。

【王清任拿着葫芦走上来。

芍药:(轻声)相公,是你吗?

【王清任倒酒。倒完了,掀开芍药的盖头。

王清任:娘子,有礼了!

芍药:相公,今天是我们的新婚之夜,你把我一个人扔在这儿好半天,就和那天在麻山寺一样,我真怕你不回来了。

王清任:诶,那是不会的,不会的!(端起酒)我们还没喝合衾酒呢!

芍药:(羞涩)相公,喝了这杯酒,愿我们百年合好,白头偕老。

王清任:好!老!

【两人饮下交杯酒。

芍药:(觉得不对,又不敢吐,勉强咽下)你给我喝的什么?这不是酒!是药!

王清任:非也!这是药酒!

芍药:王清任!哪有人新婚之夜的交杯酒是药酒的!

王清任:娘子莫生气。刚才拜堂的时候,我偷偷看到盖头下你脸色潮红,左脚有些跛,定是足下有硬筋。加之岳父大人叮嘱,你时常急躁冲动,我断定是你肝火上扬,脾胃不和,因此刚刚特意去配了药酒,里面放了何首乌、枸杞、莲子肉、当归等十几味药,包管一喝就灵!

芍药:(气笑了)你可真是个怪人。

王清任:娘子,你也是个怪人啊!

芍药:我?我哪里怪?

王清任:岳父大人说,陆家几次上门求亲,陆公子对你一见钟情,非你不娶。他是个秀才,又长得白白嫩嫩,风度翩翩,你怎么偏挑了我呢?难道是为了报答我的救命之恩?

芍药:我选你,不仅仅是因为你救了我……(害差)我也不知道！反正,嫁都嫁了,看来,今生今世,我是离不开你这味怪药了。

王清任:娘子,人人道我王清任性情乖戾,但我发誓,今生今世一定以你为重,护得你这株芍药,日日花红!

芍药:想不到你这呆子,还挺会讲话……

【二人含情脉脉,相视一笑。

【收光。

## 第三场

【三个月后。

【王家医馆。

【起光。

【王清任坐在医馆看书,王父拄着拐走出来。

王父:勋臣。

王清任:(上前搀扶)您怎么不叫我一声呢?父亲,您今天觉得好些了吗?

王父:好多了。伤筋动骨一百天,也该好转了。

王清任:父亲,我这些日子看书,有些疑惑,想问问您的意见。

王父:你说。

王清任:我们总说挂怀于心,铭记于心,急怒攻心,可我想知道,人的记性究竟是如何存在心里的呢？还有，我们给病人开活血化瘀的汤药时，如何知道那被化掉的瘀血去了哪里呢？血瘀又是如何排出体外的呢？

王父：这……这倒是难倒为父了。

王清任：我觉得要搞明白这些，应该了解五脏六腑，了解经络血脉。

王父：你这想法倒是新鲜。学医历来重视药理，学会把脉开方子才是正道。你想的那些，古代的医书可没提及。

王清任：父亲，我既然决定弃武行医，就要做医者里的秀才。等我去了太医院，一定向京城的名医学习请教，一定能学有所成。

王父：好，好啊！勋臣，你不愧是我王家的子孙！（激动地站起来）

【王清任搀扶父亲坐下。

【芍药走进来，面有难色。

芍药：公公，有病人来看病。

王父：勋臣，扶我出去。

王清任：父亲，三个月来，疫病横行，您为了给乡亲们看病，累得两次昏厥过去。您的腿伤还没痊愈，实在不应该这么操劳。

王父：（笑）还记得王家的祖训吗？

王清任：悬壶济世，常怀仁慈之心。

王父:仁慈之心呐! 小六子扶我出去。

【王父颤巍巍地走下。

王清任:唉……

芍药:相公,我父亲又送来几本医书,他说你一定用得到。

王清任:谢谢岳父大人。可那些医书我看得太多了,写的全是些鬼话。按照他们的说法,我开的药方全成了毒药了!

芍药:你呀! 总是这样狂傲,别人会说你桀骜不驯的。

【伙计急匆匆跑上。

伙计:少爷,夫人,老爷昏过去了! 浑身抽搐!

【暗转。

【王家的后院。

王清任:(举着菜刀,神色冷峻,挥舞着菜刀,仿佛在进行某种仪式)氛埃一扫荡然空,百二山河在掌中。世出世间具了了,当阳不昧主人公。

【芍药在一旁看着,神色紧张。

芍药:相公! 你真的要这么做吗?

王清任:我认为父亲是积劳成疾,急火攻心,才会中风不起。我一直就对医书上的记载有所怀疑,业医诊病理,当先明脏腑,我想看看这牲畜的内脏是怎样的。

芍药：自家人不给自家人看病，这是行医的规矩。公公的药是我爹开的,他当了一辈子御医,难道你也不放心？

王清任：别说了,我决定了。

芍药：相公我来帮你。

【收光。

【羊的惨叫。

**第四场**

【起光。

【王家客厅。

【王父躺在椅子上。王清任站在一旁。

王父：勋臣,你这是怎么了？这几日,你把家里的鸡鸭鹅全杀了,你还想杀羊？乡亲们都说你疯了。我明白,你是想研究脏腑。可是你这样的举动未免有些吓人。我们王家五代人从医,到你这儿是第六代了,你不要过于偏执,误入歧途。《内经》《本草》《伤寒论》是医家圣书,千百年来,杏坛都是以此为准,你不必怀疑。蔡太医好不容易力排众议,引荐你去太医院,为父不求你加官晋爵,只求你医术更加精湛,可以悬壶济世,治病救人。

王清任：父亲,我没有疯癫,我正是为了医术精湛才会宰杀牲畜,父亲不要担心。等我研究透彻,一定可以治好您!

王父:为父怕是等不到这一天了。

王清任:父亲!有件事我一直想问您。我们王家是不是有一张祖传的秘方?传说中,此方可以益寿延年。

王父:你相信有这样的方子吗?

王清任:我记得爷爷在世时,常有达官显贵上门求取秘方,这些年,也常有垂死的病人找父亲求取秘方。

王父:我们是有一个祖传的秘方。

王清任:真的?那父亲何不拿出来自救?

王父:(沉吟片刻)勋臣,等到时机成熟,你会见到秘方的。

【芍药进来。

芍药:公公安好。相公,外面有人找你……

王清任:是谁?

芍药:陆嘉。

王清任:他来干什么?小六子,把老爷送回房去。

芍药:那我也先回去了。

【暗转。

【王家医馆。

【陆嘉和太医院官员高大人来回踱步。

【王清任上。

王清任：陆兄。

陆嘉：王兄，这位是京城太医院来的高大人！

王清任：高大人，请坐。

【高大人坐下。

陆嘉：高大人来王家医馆有公务。

王清任：哦？大人有何公务？

高大人：听说你们王家世代行医，医术精湛。我这里有个脉案，你看看。（拿出一张纸）

王清任：是。（看）恕我直言，准备后事吧！

高大人：大胆！

陆嘉：大人息怒！（对王）你胡说八道什么！

王清任：最多三五个月，少则三四十天。无药可医。请恕在下无能。

高大人：你们王家不是有个祖传的秘方吗？益寿延年，包治百病！

王清任：大人说笑，世上没有这样的方子。

高大人：我知道，这方子是宝贝，你们舍不得，要多少银子，你说吧！生病的可是十五阿哥最得宠的侍妾，你想要多少银子都不是问题。

王清任：我们真的没有这样的方子。大人，如果有，那我王家先祖为什么不自己享用？先祖活到今天，想来也二三百岁了。

高大人：哼！少拿这些话糊弄我。快去开药，要是治不好病,小心你的脑袋!

王清任:(笑)大人。

【陆嘉急忙阻拦。

王清任:大人可否伸出舌头一看?

【高大人配合,伸出舌头。

王清任:(笑)大人,您最近是不是经常半夜大汗淋漓、浑身抽搐?大人可否伸手一看?

高大人:(愣了一下)你怎么知道?

王清任:还手脚麻痹、不时头晕?

高大人:是啊!

王清任:大人,您有病!

陆嘉:王清任你!

高大人:(立刻换了态度)我想想,有时候半夜醒来,一摸脸,嘴都歪了!我这得的什么病?

王清任:不是大病,我去给您抓上三服药,吃完保准见效。

高大人:好好!

王清任:大人稍等。(下)

高大人:这个王清任,和你说的一样,是有点怪,但是医术很精湛嘛!

陆嘉:大人,他就是个看病的傻郎中,大人可是太医院官员,寿药房的红人。陆嘉一心仰慕大人的才华,一定衷心追随。(塞银票)

高大人:(接过)嗯！你是个聪明的,和我一起回京城吧！寿药房缺人,我可以引荐你。

陆嘉:(作揖)多谢大人！(拿出一个锦盒)高大人,我还有个玩意儿要送给您。

高大人:这么个黑乎乎的玩意儿?

陆嘉:这是洋人的玩意儿,现在很多大人都享用这"福寿膏",用了之后神清气爽,延年益寿,百病全消。我特意孝敬您。

高大人:我听神机营几位武士说过,好像用了是挺来劲儿。我收下了。

陆嘉:我想,要是咱们这"福寿膏"只能在御药局卖,那各位大人必然十分欢喜。

高大人:你这小子,有点意思。

【王清任上,手拿着两种药。

王清任:这是您的,这是病人的。

高大人:我得看看我的药,怎么这么少啊。(打开纸包)哟,蜈蚣！吓死我了！

陆嘉:你这是故意吓唬高大人！

王清任:这是惊吓疗法,对高大人的病有帮助！蜈蚣性温,息风镇痉。

陆嘉:你还敢狡辩！

高大人:(有些不悦)住手,有点意思。药我拿走了,要是吃了不灵,我可饶不了你！

王清任：我等着您来感谢我。

高大人：嗯！还挺狂！

【高大人下，陆嘉正要跟着离开。

王清任：陆兄留步。

陆嘉：有何指教？

王清任：方才，你和高大人的话，我听见了。我认为，不可。

陆嘉：有何不可？再说，非礼勿视，非礼勿言，偷听可不是君子所为。

王清任：我是一介武夫，不是什么君子。陆兄不该为高大人推荐"福寿膏"。你可知道，那药服用了不光会上瘾，还会损伤心肺。

陆嘉：非也。我没叫高大人吃，只是叫他卖。

王清任：这样的虎狼之药不能堂而皇之地售卖。

陆嘉：那你爹还给我父亲用这味药？

王清任：少量的福寿膏确实有止疼作用！

陆嘉：王清任，你父亲治死了我父亲，你现在又要来害我吗？

王清任：陆兄说的不对。令尊是旧病复发，早已经回天乏术，我父亲用力医治，才使得陆老爷走得不那么痛苦。人固有一死，你不但不感谢，还这样说，恐怕也不是君子所为。

【芍药跑进来。

芍药：相公！相公！（看到陆嘉，有些尴尬）公公他不行了！

【王清任急忙跑下。

【芍药对着陆嘉行礼，也赶紧跑下。

陆嘉：哼，早就该死！王清任，杀父之仇、夺妻之恨不共戴天，你就等着吧。

【暗转。

【王清任跑到内室，王父已经奄奄一息。

王清任：（跪在藤椅旁，悲伤）父亲！

王父：傻孩子，就算是医生，也有生病和离去的那一天，这没什么。为父见过太多生死，早就不怕死了。

王清任：孩儿学医，却治不好父亲，学医何用！

王父：勋臣，听我说。你为人清冷孤傲，性格乖戾，常有怪异举动，以后凡事要三思而行。对待病人和其他大夫，要宽厚，不可出口伤人。你答应我，一定要传承家学，踏实行医，做一名好大夫。

王清任：父亲，我发誓，一定传承家学，踏实行医，做一名好大夫。

王父：要记得，悬壶济世，常怀仁慈之心。（拿出一个锦盒）这就是人人都想得到的秘方，为父把它交给你，切不可轻易示人。在你成为太医院医者之前，绝对不可以打开，记住了吗？

王清任:(接过锦盒)我记住了。
王父:悬壶济世,常怀仁慈之心。
【王父悄然离世。
王清任:悬壶济世,常怀仁慈之心。父亲!(磕头)
【收光。

# 第二幕

【时间：嘉庆年间。
【地点：京城，王清任开办的知一堂。
【起光。
【说书人上。

说书人：王清任和陆嘉来到京城太医院。时光一去不回头，乾隆爷宾天，嘉庆继位，铲除了大贪官和珅。嘉庆三年，王清任已经是一位了不得的医生，在太医院行走，还在南城开了一家医馆，名曰"知一堂"。而陆嘉，靠着拍马屁的功夫，已经成为太医院要员，专门负责采买药材。那时节，民间瘟疫横行，民心惶惶，王清任不忍心百姓受苦，彻夜不眠，研究药方。

### 第一场

【芍药端着小米粥进来。

王清任：既不能为良相，愿为良医，以良医易，而良相难。我先干为敬。写得好，写得好啊！好药，好药呀！

小六儿：夫人，老爷还没睡觉？

芍药：没有，他为了研究这治疗瘟病的方子熬了好几夜，我怎么劝也不听。本来他最近为了写那本《医林改错》就时常熬夜，这样下去，难免伤身啊！

小六儿：夫人，老爷是不是魔怔了？这几天，老爷白天去太医院应卯，回医馆后就不吃不喝，不眠不休，说研究方子，可我昨天夜里起来解手，分明看见老爷在后院……我叫他，他好像听见了，又好像没听见。月光下，他满手的……怪吓人的。

王清任：哎呀呀呀，就差一步，这可如何是好？锦盒，不能看。父亲，我只看一眼，就看一眼！怎么是这样？

芍药：六儿，家里的事情不可与外人胡说，知道吗？别人不知道，你还不知道你家老爷？他一心想研究脏腑，弥补古代医书上的不足。在外人看来，他是有些怪，但他绝不是疯了。唉，几更天了？

小六儿：都三更天了！夫人。

芍药:唉,小六儿,你取些金银花、蒲公英和麦冬,给老爷送去。

小六儿:好,我去泡些药茶。夫人,您也喝一些吧。老爷整夜不睡觉,您也陪着不睡觉,必定也上火。

芍药:没事,我不支持他谁支持他呀。快去吧,小六儿。

小六儿:诶!

【小六儿下。

【芍药安静地站在一旁,没有打扰王清任。王清任好像没看到芍药,芍药转身正要出门。

王清任:赤芍——

芍药:(以为在叫自己,回身)相公?

王清任:味苦,性凉,可化瘀止痛。

芍药:原来不是叫我。(又要走)

王清任:是叫你。芍药,什么时辰了?

芍药:三更天了。

王清任:子时三更,平安无事。成了。

芍药:成了?(立刻懂了)你是说,方子写好了?

王清任:好了。

芍药:太好了!

王清任:太好了!

芍药:也不枉费你熬了几宿。快喝些小米粥吧!

王清任：这次瘟疫，主要是食欲不振，高热不退，《瘟疫论》里说，瘟疫为无形之"戾气"。

芍药：从口鼻侵入人体……

王清任：中于脉络，从表入里。

芍药：自阳至阴，以次而深……

王清任：正气充满，邪不可入。之前的方子都疏于变化，可戾气不同，下药亦不同。我的方子是怪了些，但通过兔子的脏腑，可看出这次疫病是由肺先发病，继而高热。

芍药：故必先清瘟，而后固本。

王清任：知我者娘子也。有救了，得了时疫的百姓有救了！

芍药：太好了。

王清任：好，今日去太医院，我就把方子呈递上去。我誊一份给你，来医馆治病的老百姓，凡是得了时疫的，你就让小六儿照方抓药。

芍药：相公，你刚才把小六儿吓着了。他还以为你疯了。

王清任：看见我肢解兔子了吧。哈哈，以为我疯了的人多得很。无妨！

芍药：相公，有句话，我必须提醒你。

王清任：你说。

芍药：你的药方得来不易，一定要直接呈交当值的医官。

王清任：我自然是要交给当值医官。

芍药：我是说，不要随随便便交给别人，要交给信得过的。

王清任：医官还信不过吗？

芍药：唉！你个笨郎中！我是想告诉你，不要交给陆嘉。

王清任：他现在负责采买药材，不管药方。

芍药：小心驶得万年船！那个陆嘉恨你入骨，平常就没少给你下绊子。为了王家的秘方，他多次向院判进言要逼你交出来。你在太医院三年，一直是九品吏目，从没得到过晋升。可他呢，已经是正七品了！

王清任：娘子，这医术好坏和官职大小没有关系。

芍药：是没关系，可官大一级压死人。陆嘉那个人居心叵测，不能不防。况且，他最近也开了一家医馆，叫什么"怀仁堂"，药价贵得吓人，分明就是害人堂！

王清任：你这张嘴比我还厉害，真是不饶人。好啦，我知道啦。他害人，我救人，我们不同行，互不妨碍！你放心吧。

芍药：你呀，我能放心得下吗？

【王清任揽芍药入怀。

【小六儿端着药茶进来。

【芍药急忙站在一旁,面色绯红。

小六儿:老爷。

王清任:夫人,你气色不好,需要调理。六儿,服侍夫人吃药,我去太医院了。

小六儿:(傻乎乎)老爷说什么?

芍药:(笑)老爷让你没事儿少出来溜达!

【收光。

## 第二场

【太医院。

【医官李大人正在和王清任说话。

【起光。

王清任:什么? 不行! 断断使不得!

李大人:勋臣,这可由不得你,这是院使和几位院判大人们议过的。你上交了药方有功,我们自会上报朝廷嘉奖你。但是那么多人得了时疫,如何治疗才能最快?太医院食朝廷俸禄,必须作为表率,制定最有效的办法。各家官署医馆统一出售药材,配好了卖给老百姓,他们吃了自然好得快。

王清任:大人,每个病人体质不同,药方还要酌情调整。这姑且不说。若是官署医馆统一出售,药价比寻常医馆贵许多。如此一来,那些穷苦百姓根本吃不起药。

李大人：王清任！你这是公然和太医院的同僚作对！

【陆嘉忽然出现。

陆嘉：李大人，王吏目。

李大人：陆大人，这么快就回来了？

陆嘉：是，所有官署的医馆已经备齐了应对时疫的药材，各个城门也张贴了告示，除了太医院认可的医馆，其他医馆不得私下贩售。违令者，严惩不贷。

王清任：陆大人，我猜，这是你出的好主意吧！

陆嘉：陆某人食君俸禄，自然事事以朝廷为先，以太医院为先。

王清任：你们这是搜刮民脂民膏！如果因为控制药材，导致时疫迟迟不能绝迹，想必皇上也不会高兴。

李大人：怎么，难不成，你个小小的九品吏目，还想去见皇上吗？

王清任：大人，如果药价合理，所有穷苦百姓都吃得起，我自然没意见。

李大人：都说你这人怪，你这绕来绕去，到底什么意思！

陆嘉：李大人！我知道王吏目的意思。

李大人：你知道？那你说说。

陆嘉：王吏目也有医馆，他制这方子虽说是得皇上恩典和各位大人点播，但他也确实辛苦，如果大人们可以允许他的医馆也出售成药，想必王吏目就没意见了。

王清任：我不是为了一己私利反对！

李大人：（笑）励臣，以后有话直说，这事我答应你了！就当作，你交方子的奖励！

王清任：大人！

李大人：不必多言，就这么定了。（转身离去）

【陆嘉得意扬扬地笑。

王清任：陆嘉，医者父母心，你怎么能赚这样的黑心钱！

陆嘉：诶，话可不能这样说，这是大人们定下的，与我无关。

王清任：你的医馆私下兜售"福寿膏"，赚得还不够多吗？

陆嘉：三人成虎，众口铄金。我陆嘉生性耿直，得罪了不少人，这样诋毁我的谣言多得很，没想到王兄这么聪明，居然也相信谣言。

王清任：我前几日才接诊了一位病患，他亲口告诉我，在你店里买了"福寿膏"，吸食鸦片上瘾，现在面容枯槁，瘦骨嶙峋，怕是时日无多了！

陆嘉：哦，是吗？（沉默片刻，眼珠一转，坏主意已经想好了)王兄,其实我也很为难,代卖"福寿膏"是李大人交代我的,我也有一家老小要养,不能丢了官职。我又没有王兄的好耐心,在家里修著医书,造福黎民。我虽不才,但也不想见到那么多人因为时疫而死。这样吧,我们去找院使大人请命,如何?

王清任:哦?你肯去?你敢去?

陆嘉:现在就去!

王清任:走!

【暗转。

【一阵激烈的鼓声。

【两人在台上绕了半圈,陆嘉把王清任推到中间,自己躲在屏风后。

王清任:大人!

画外音(院使):又是那个王清任!屡次以下犯上!把他给我轰出去!

【关门的声音。

【暗转。

【"知一堂"大门前。

【一个青年抱着牌位在知一堂门口哭闹。小六儿在一旁劝。

青年:知一堂下错药害死我儿!王清任!你这个

庸医！你还我儿命来！我非要砸了你这破医馆！

伙计：别闹了！求求你！别闹了！

芍药：这简直是无理取闹！

伙计：夫人，这可怎么好？

【王清任上，衣衫凌乱，神色有异。

芍药：相公，你这是怎么了？衣衫这么凌乱？相公，别去，我已经报官了，这男子分明就是闹事。他儿子本来就是肺痨，在陆嘉那里吸食"福寿膏"半年多，早已是病入膏肓，他赖不着你！

【青年索性躺在地上打滚，肆意哭嚎。

王清任：你不要哭了。

青年：王清任！还我公道！杀人不见血！王清任！你算什么医生！开的什么狗屁药方！啊！儿子啊！你死得冤枉啊！

王清任：你儿子的命你自己心里清楚，倘若他只有肺痨也就罢了，偏偏还要去吸食鸦片！你要闹就去卖鸦片的地方，害死他的是鸦片！

青年：（站起来）王清任！你可算露面了！少来这一套！以为我们小老百姓不懂医吗？我儿子抽了"福寿膏"，身体好了很多！咳嗽都轻了！你非不让他抽！还给他吃那么些药！我儿子就是吃了你的药死的！活活吐血吐死的呀！（抓住王清任要打）

【青年和王清任纠缠在一起，小六儿和芍药在旁拉劝,场上乱成一团。

【陆嘉带着衙役忽然出现。

陆嘉:住手!我看谁敢闹事!

【众人安静下来。

陆嘉:你闹什么?当街闹事,不知道这是犯王法吗?

青年:大人!我冤枉啊!(跪下)这个庸医乱开药吃死了我儿子!大人替我申冤啊!

陆嘉:告状去大理寺,王吏目现在还是朝廷的官员,你要是没有确凿的证据,当心挨板子!

青年:大人,我有证据!知一堂贩售鸦片烟!

【众人大惊。

芍药:你胡说!

青年:(拿出鸦片)这就是在这儿买的!这就是证据!

芍药:你随便拿些鸦片就说在我们这儿买的,怎么能当证据!

青年:这好说。大人!你进去搜一搜!

陆嘉:王吏目,这倒是难办了。私贩鸦片……罪责不轻,但我绝对相信你的清白。这位是大理寺的衙役,为了还你名声,就搜一搜?

王清任:搜!我让你们搜!

陆嘉:(示意)大人,请您秉公执法。

【衙役冲进知一堂,芍药觉得不妙,正要跟进去。

陆嘉:王夫人放心,大理寺的大人从不徇私,绝不会冤枉你家相公。

【衙役拿出一个锦盒和几本书。

衙役:搜到了!鸦片!

青年:(抢过锦盒)鸦片!我说什么来着!这下没话说了吧!(又开始哭闹)儿啊!你死得冤枉啊!

王清任:(知道自己被陷害了,冷笑)哼哼!哈哈哈!

陆嘉:王清任,你笑什么?人赃俱获,证据确凿。唉,没想到你是这样的人。

芍药:这不是我们店里的东西!我们知一堂从来不卖鸦片,只有那些黑了良心,丧尽天良的人才会这样做!

陆嘉:王夫人,那你是说大理寺的大人冤枉你们?

衙役:(凶狠)嗯!跟我回衙门!

芍药:你!

芍药:(忽然发现)相公!他们还拿了你的药方和手稿!

王清任:大人,这些是我自创的一些药方和潜心研究多年的书稿《医林改错》,仅此一份,请还给在下。

陆嘉：王吏目，你的药方治死了人，这些东西是证物，大人自然也要带回大理寺。等到大人查清楚，自然会还给你。

芍药：陆嘉！你到底要干什么！你以为我们看不出来，你雇了这个无赖来冤枉我相公吗？

衙役：怎么这么多废话！统统和我回衙门！

王清任：(拦住芍药)大人，如果大人要带，就带我，和内人无关。

衙役：都跟我走！

【灯光暗。

画外音：王清任，错下药材，治死良民。经大理寺审查，去王清任太医院一切官职，查封所开医馆知一堂，所有财产一律充公，限三日内返回原籍！

【光大亮。

【王清任站在街头，失魂落魄。

王清任：(悲愤)父亲！你要我继承家学，悬壶济世，治病救人！可生逢乱世，孩儿连自身都不能保全，我究竟为何要行医！我能救得了谁！

芍药：(背着包袱)相公，行囊收拾好了，我们回玉田吧。你继续开医馆，不做这劳什子的鸟官！

王清任：不！不回玉田。

芍药：那我们……去哪里？

王清任：像五柳先生一样,采菊东篱下,悠然见南山。我们归隐山林!

【收光。

# 第三幕

### 第一场

【时间：十年后。

【地点：乡野茅舍。

【起光。

【说书人上。

说书人：王清任带着芍药离开京城，辗转几个地方，最终在奉天落脚。他们在偏僻无人处盖了茅草屋三间，不再开设医馆。花无重开日，人无再少年。时光匆匆催人老，十年弹指一挥间。王清任靠记忆恢复了《医林改错》的大部分书稿，更刻苦研究，终于制成了活血化瘀的良方"补阳还五汤"。王清任为四周百姓治病，每天忙得是不亦乐乎。（下）

【全场光亮。

【王清任坐在桌前。

【一个村姑来看病,王清任为她把脉。

村姑:王大夫,我成宿睡不着觉,老做噩梦!吃也吃不下,耳朵还嗡嗡响。

王清任:你家住哪里?

村姑:三里外的孔雀湖边上。

王清任:每天日出时分,走到五里外的金龙湖,坐在湖边看水。

村姑:啊? 看水?

王清任:对,静心,看水,听风。

村姑:这算什么? 您得给我开药啊!

王清任:不用开药。

村姑:啊!大夫,我是不是没救了?您让我投水自杀?(哭)我还没嫁人呢! 啊! 我不想死啊!

王清任:死不了。听我的,三天就会好。

村姑:当真? 您可别骗我。

王清任:出去吧。

【村姑哭哭啼啼下。

【芍药走进来。

芍药:你又把病人气哭了?

王清任:我给她开方子,她不信,我有什么办法。

芍药:你解释给她听。你开的药方总是那么怪,一般人当然不懂。

王清任:我就是让她去吃些柴胡。(话锋一转)芍药,我们离开京城多久了?

芍药:(停顿)十年了。怎么忽然说起这个?

王清任:十年前,我的心血之作《医林改错》书稿被官府搜没一空。昨晚,我终于再次将它完成了。

芍药:真的? 太好了! 我去做两个菜,烫壶酒,咱们庆祝庆祝! 你这么多年苦心孤诣,如今终于如愿以偿,为何却闷闷不乐呢?

王清任:写完最后一个字,我就在想,这书就算写完又有何用? 我被逐出太医院,躲在这穷乡僻壤,我的书有谁会看呢? 我做的一切会不会都是白白浪费时间?

芍药:你不要钻牛角尖。你和我多次说过,《医林改错》改正了古人对脏腑许多错误的认识。这些年,我们虽然住在乡野茅草屋,可你治好了附近多少百姓! 你还记得吗? 隔壁村的小孩儿被庸医误诊,导致四肢抽搐,口眼歪斜,家里连后事都备好了,你一服草药下去,孩子就不再抽搐,三服药吃完就能说话了! 还有邻县的那个高老爷,瘫痪在床十几年,吃了你一个月补阳还五汤,居然可以行走自如了!

王清任:他们得的本就不是什么大病,就是药吃得不对症。

芍药:你的药救了许多人命! 相公,不必犹疑,你是扁鹊转生,华佗再世!

王清任:(笑)你真会哄我。

芍药:当然! 你忘了? 你说过,我是芍药,可以入药,医者可以医他人,独不能医自己,而我——就是你的良药(异口同声)。

王清任:就是我的良药(异口同声)。

【两人相视而笑。

【忽然,有人在屋外高喊:"王大夫在家吗?"

芍药:又有乡亲来看病了,你去看看吧。

王清任:(行礼逗芍药高兴)是,夫人!(下)


【片刻,王清任回到内室,来回踱步,心乱如麻。

芍药:怎么? 可是什么疑难杂症? 不好应对?

王清任:难! 难于上青天!

芍药:究竟是什么病?

王清任:心病。

芍药:心病? 那就用心药医。

王清任:是我的心病!

芍药:你把我说糊涂了。

王清任:你知道来看病的是谁吗?

芍药:是谁?

王清任:陆嘉!

芍药:竟然是他! 他得了什么病?

王清任：中风！

芍药：你治得了他的病吗？

王清任：治得了。他的病用我自创的补阳还五汤，最多七服药，也就好了。

芍药：那你在犹豫什么？

王清任：我在想要不要毒死他。

芍药：什么？

王清任：芍药，我不是圣人，想到他屡次害我，我真是不能不恨。

芍药：他害你半生，你若是不计前嫌治好他，他会羞愧一辈子，而你的医术和医德会广为流传。相公，你会救他的，是吗？

画外音：王大夫，方子开好了吗？

【王清任拿笔写下药方，走出茅草屋，把药方交给管家。

陆管家：黄芪、赤芍、当归、甘草、川穹、桃仁、红花、葛根、地龙、丹参、白芍……

陆嘉：(拄着拐杖艰难地走上来，以黑巾遮面)这些药并不贵。

王清任：不是只有昂贵的药材才能治病。

陆嘉：这些药治得了病，治不了命。

王清任：人固有一死。

陆嘉:可你家有祖传秘方,可以益寿延年。

王清任:还是秘方。这么多年,你还记得。

陆嘉:还是被你认出来了。(摘下黑巾)我就要死了,勋臣,你就拿那秘方救我一命!我有钱,有很多钱!

王清任:好吧。(高喊)芍药,把我的锦盒拿来!

陆嘉:你真的肯医治我?

王清任:只要是病人,我都会治。

【芍药拿着锦盒上,王清任示意他交给陆嘉,芍药不解。

王清任:给他。

陆嘉:(挣扎着拿过锦盒)我就说吧!你们有秘方!就是不肯交出来!延年益寿!长命百岁!(打开锦盒,拿出里面的东西,愣住了。那是一面小小的铜镜。他不敢相信,反复翻看锦盒,然后不解地看看王清任)秘方呢?

王清任:这就是秘方。

陆嘉:这只是镜子。

王清任:我第一次打开锦盒,也是百思不得其解。十多年了,我也是忽然明白了其中的关窍。

陆嘉:是什么?

王清任:求医问药不如行善自救。

陆嘉:这算什么秘方……你骗我!(颓然坐下)你

还是恨我！

王清任：我是恨你，我早就想下药毒死你了。

陆嘉：(艰难地笑)呵呵，呵呵呵呵，你啊，真是个怪人！(咳嗽)

王清任：不要再抽鸦片了。

陆嘉：你怎么知道？

王清任：你身上全是"福寿膏"的味道。鸦片虽然可以缓解你的疼痛，但也伤了你的身体，不想死就别抽了。

陆嘉：如果我这次死里逃生，我一定送一块金匾给你。

王清任：家贫屋子小，没地方放，谢了。

陆嘉：管家，给王大夫诊费。

陆管家：(拿出一张银票)请您收下。

王清任：你的钱，我不要。你拿去捐个粥厂，救济一下乞丐，也算给自己积德行善。

陆管家：这……

陆嘉：就依王大夫。

陆管家：多谢王大夫。告辞。

【管家把锦盒留在石桌上，搀扶着陆嘉下。

【王清任看着他远去的背影，长长舒了口气。

【一束追光，锦盒里只有一面铜镜。

【收光。

## 第二场

【时间:十天后。

【乡间茅舍。

【起光。

【一位村夫见到王清任,跪下就要磕头。

村夫:王大夫!您救了俺娘的命,俺给您磕头了!

王清任:(拉他起来)不必客气,你娘身体虚弱,你多抓些鱼给她吃。

村夫:是!谢谢王大夫!(下)

【芍药走进来。

芍药:最后一个。可算没有人了。这个陆嘉,你治好了他,他满世界为你扬名,搞得每天那么多人来找你看病,真不知道他是报恩,还是又故意害你。

王清任:他也是死过一次的人了,没必要再害我了。

芍药:我看你这几日,又有些闷闷不乐,有心事?

王清任:我在翻阅《医林改错》时发现,书中的脏腑图,多是根据猪狗牛羊鸡鸭绘制的,我还是想看看人——

芍药:停!宰杀牲畜可以,你总不能去杀人吧!

王清任:我听说衙门里的仵作经常要解剖案里的死者,我想去看看。

芍药:衙门里的老爷认识你是谁呀,怎么会让你进呢? 别胡闹。

王清任:白天是不行,我可以晚上去啊!

【暗转。

【夜晚,衙门的停尸房,地上有一具尸体。

【诡异的音乐。

【衙役甲、乙喝得醉醺醺,勾肩搭背、歪歪斜斜地走来。

衙役甲:哥,今天这个酒不错。

衙役乙:嗯! 但我跟你说,当值期间喝酒可不能让大人知道。

衙役甲:哥,你放心。

【一身黑衣的王清任悄悄跑过。

衙役甲:哥! 刚才什么东西过去了?

衙役乙:嗯? 我没看见,你喝多了!

【王清任再次跑过。

衙役乙:是有东西过去,你看见了吗?

衙役甲:你喝多了。难不成那死人还能诈尸了?

衙役乙:难不成那尸体?

【王清任藏在尸体后面,摆弄着尸体观察着。尸体看起来像活了一样。

衙役甲、乙:(大惊失色)诈尸了!!

【高大人怒气冲冲上。

高大人:两个混账!我堂堂大清官员,怕什么牛鬼蛇神魑魅魍魉!(看到被王清任摆弄着的尸体,吓得晕倒在地)

王清任:(放下尸体,准备离开)对不住了,对不住了!

高大人:(醒来,大喊)大胆!来人呐,把他给我拿下!

【衙役上前把王清任钳制住。

高大人:死人的东西也偷!真是下作!

王清任:我没有偷东西!我只是想看看尸体!

高大人:谁喜欢看这些!骗谁呢!给我押进大牢!

王清任:大人!!

【银铛入狱的声响。

【收光。

### 第三场

【时间:两天后。

【地点:监牢。

【王清任身披枷锁,坐在地上。

【芍药来探监。

芍药:相公!

王清任:他们怎么说?

芍药:盗窃、辱尸、私闯衙门、殴打朝廷命官……

王清任:我只是想观察尸体,了解脏腑。

芍药:相公!(悲痛欲绝)你这次真的闯下大祸了!县老爷判你、判你——

王清任:判我什么?

芍药:死罪……

王清任:(大惊)死罪!!

芍药:我一定尽力营救你!很多被你医治过的百姓也都到衙门来给你求情!我爹已经赶来了,他起草了一份求情信,几百个乡亲都按了手印!爹会想办法把信呈交给直隶总督!

王清任:没用的。是我咎由自取……一时忘形……(苦笑)不要劳烦岳丈大人了,他年事已高……

芍药:相公!别这么说!你不会死的!

王清任:芍药,你跟着我,十几年颠沛流离,吃尽苦头。我对不起你。

芍药:不,当年如果不是你,我早就毒发身亡了!我的命是你救的!

【王清任和芍药隔着围栏执手相看泪眼。

【狱卒的画外音:行了!该走了!

王清任:走吧,走吧!

芍药:相公,你是个好人!更是个好医生!能嫁给你,我今生无悔!

王清任:芍药,我从没对你说过,我王清任今生娶了你这样一位贤妻,也无悔!你保重(行礼)。

芍药:相公,我一定会救你出去。(泪眼婆娑,频繁回首,无奈地离开了)

【王清任呆坐在地上。

王清任:我,王清任,年少时立志学武,奈何官场腐败,报国无门,更可怕的是瘟疫横行,国人不但身体孱弱,还深陷鸦片毒害,所以我弃武从医,既不能为良相,愿为良医。但我离经叛道质疑古书,还亲手宰杀牲畜无数,我疯了吗?那是你不懂!(猛然站起)业医诊病理,当先明脏腑,可偏偏就是为了了解脏腑,我居然被判了死刑,(狂笑)啊哈哈哈,什么身体发肤受之父母?国人何其迂腐!我已到天命之年,我不怕死,但我怕我的《医林改错》和"补阳还五汤"不能传下去。来不及了,来不及了!后生们,你记住了,我死后切莫悲伤,立刻寻找有志之人,将我所著传承下去,让后来人继续研究,让中医更加进步!让我华夏民族身体强健、顶天立地!让他们记住,悬壶济世,常怀仁慈之心,那我王清任虽死便无愧于先祖,无愧于行医,无愧于天地。

【音乐起。

【一封全是红手印的白绢忽然从天而降。

【灯光渐暗。

【说书人上。

说书人：被王清任医治过的百姓上了万民书，请求朝廷赦免他的死罪。直隶总督看到万民书，赦免了王清任，更亲自题写"悬壶济世"的匾额。

故事到这里就讲完了。正所谓——

丹心一片救黎民，

语不惊人死不休。

天生反骨抗权贵，

敢于变革常质疑。

脑心同治著奇书，

传世补阳还五汤。

悬壶济世真豪杰，

杏坛怪医王清任。

【收光。

——全剧完

106

《别失八里》剧照

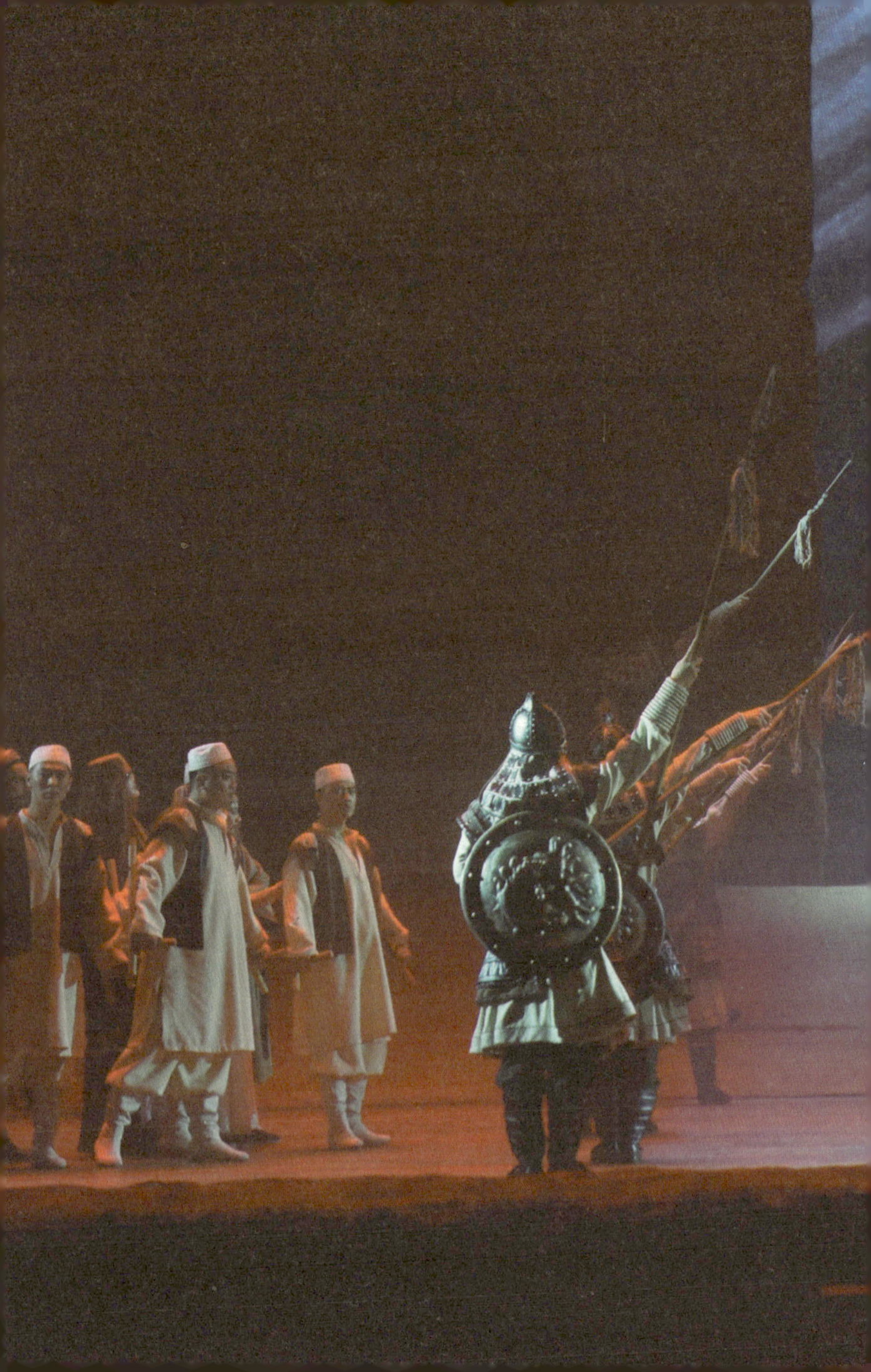

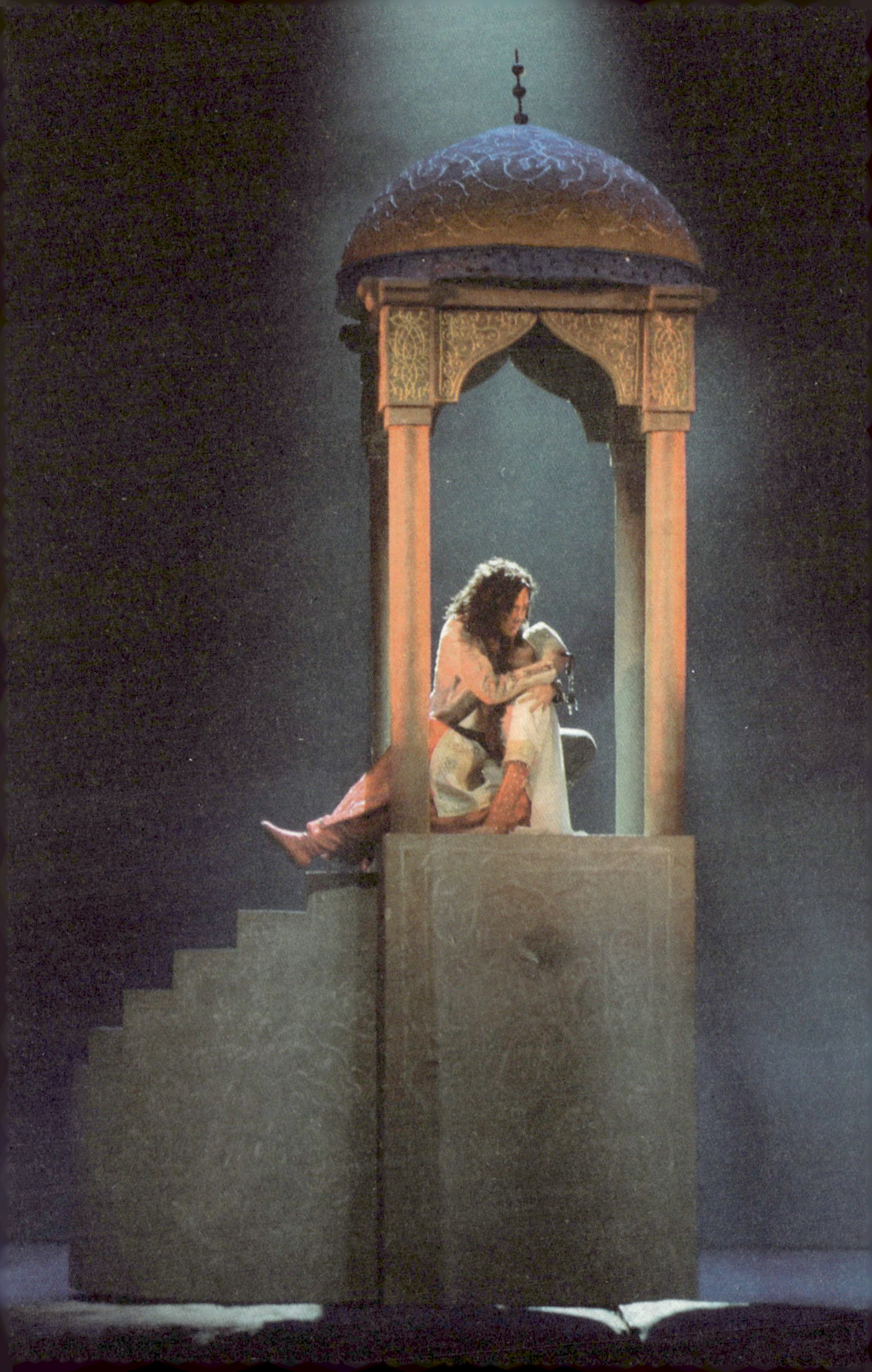

《别失八里》剧照

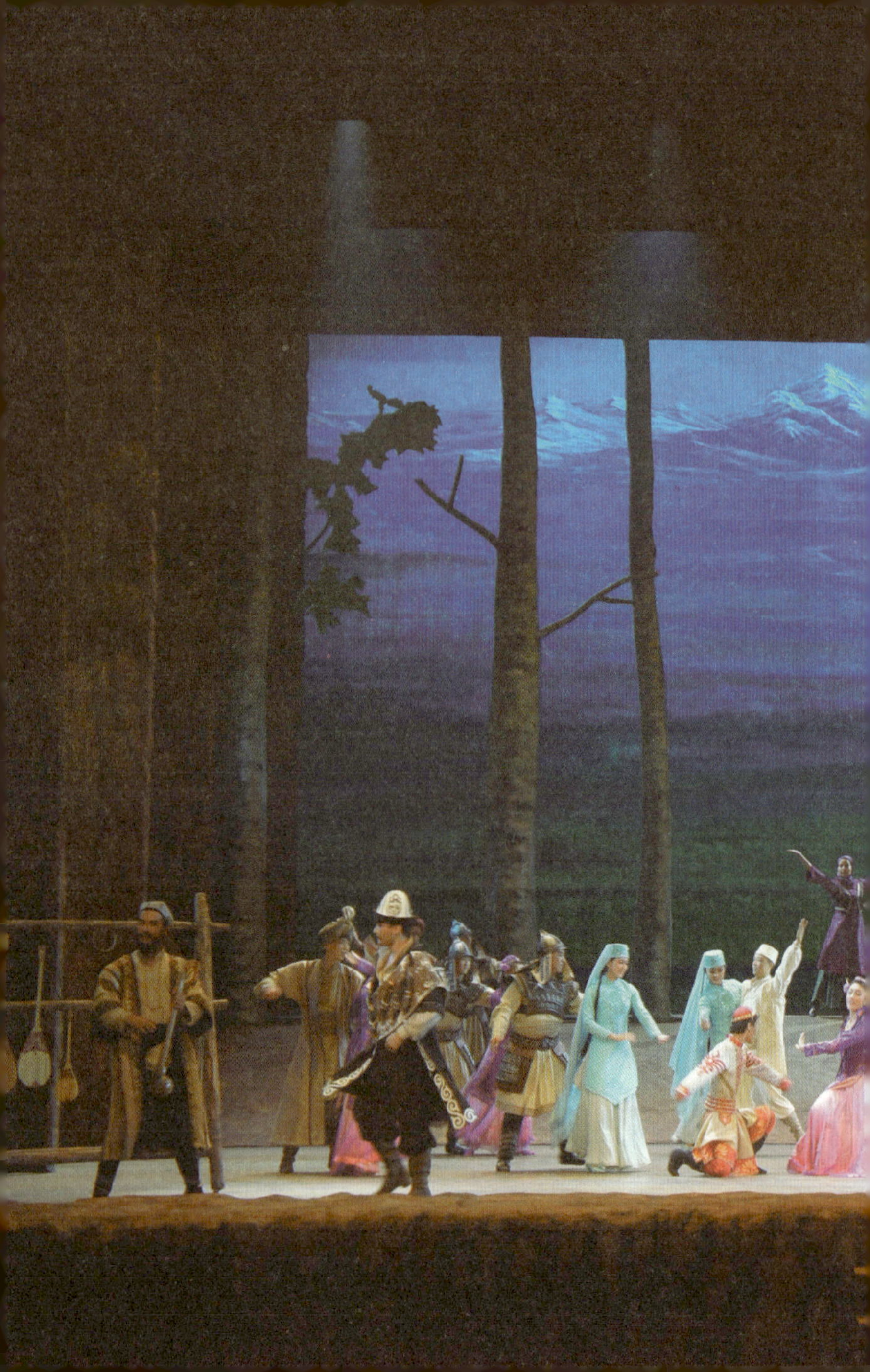

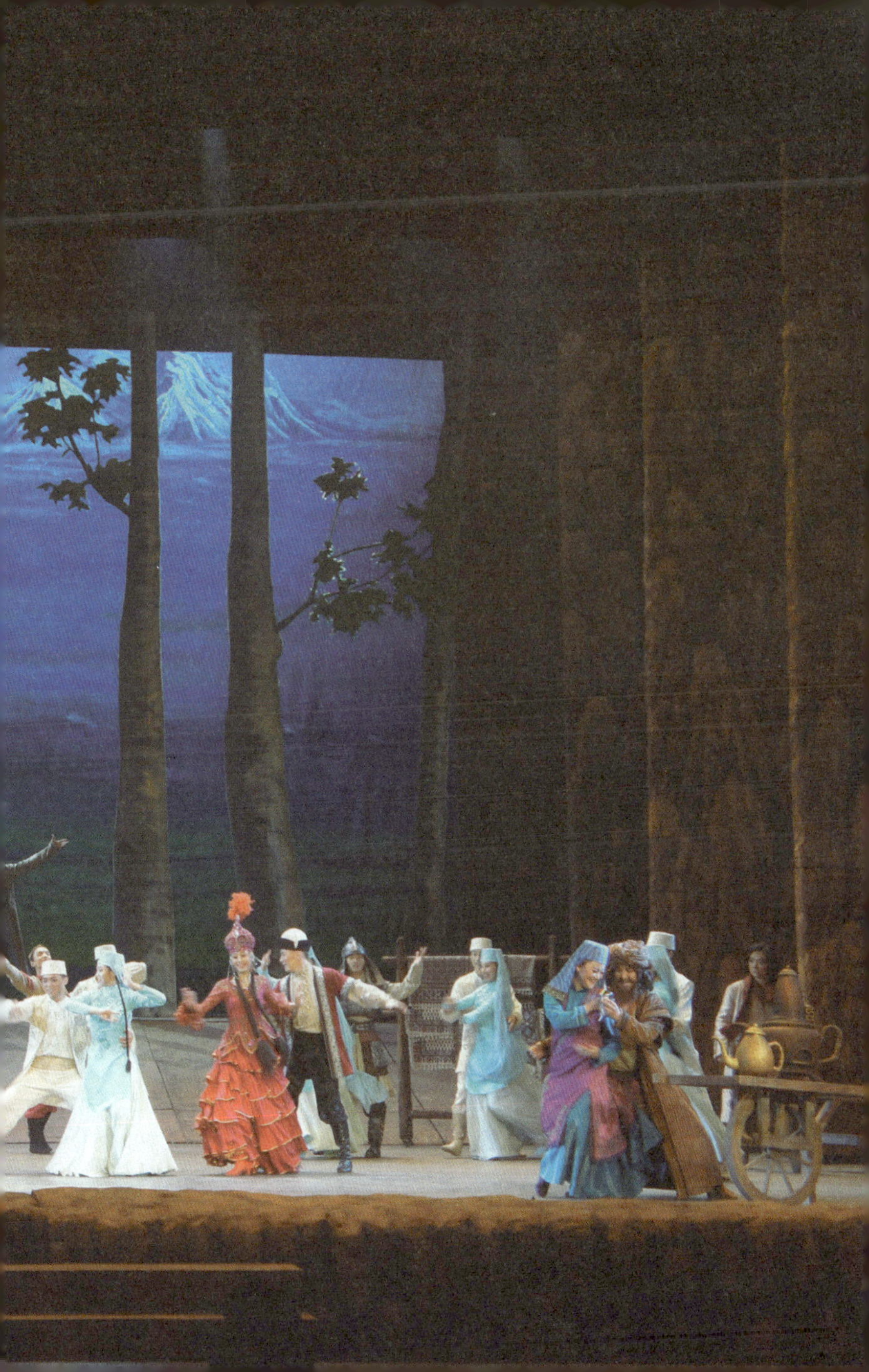

《别失八里》剧照

【音乐剧】

# 别失八里

Beshbalik

杨硕

## 序幕

【幕启。

画外音:中国西部,天山北麓。这里绿洲连绵,土地肥沃,是"丝绸之路"新北道通往中亚、欧洲的必经之地。元朝末年,蒙古政权衰落,早期分封的察合台分为东西两部。公元 1365 年,东察合台发生叛乱,大汗也里牙思火者及其家人被杀,弟弟黑的儿火者逃亡。我们的故事,就来自这段历史……

# 第一场

《赞美》
合　唱:啊——
生命像雄鹰的翅膀,
穿越天空的云飞行。
时光无边,
岁月无影,
歌声随着风没停。
黄沙漫漫遮住了遥远,
被雨水冲洗后又出现。
花儿开放那么的鲜艳,
有一些传说就在你身边。

【一声婴儿的啼哭。

【街市上，人们很幸福地为婴儿祈祷，赞颂新生命的诞生。

年轻人：我们的阿依莎王妃为东察合台汗国生下一位公主。

《海德尔》
群　众：幸福从天空中降临，
崭新的生命，
祝福最伟大的父亲母亲啊——
塞米拉：今天的心情真高兴，
我们的勇士他有了后人。
她的大眼睛像天上的星星，
银铃般的声音像冬不拉琴。
【街市一角，三个客人在塞米拉的茶摊前喝茶。
维吾尔族人：我可听说其中有隐情，
王妃身后像还有另一个男人。
塞米拉：(打断)别胡说。
【达伍德出现在集市上。
达伍德：阿依莎是我的女人，
却变成他的王妃。
塞米拉：他们可是天作之合！
群　众：勇士身边美人作伴，
快乐加美满。

都说王妃的歌声,
就像大荒漠中的一股清泉。
每一口都很甜(每一口都很甜)。
夏天凉冬天暖(夏天凉冬天暖)。
哈萨克族人:海德尔真幸福!
维吾尔族人:他可是东察合台第一勇士!
维吾尔族人:海德尔是勇士,
他所向无敌。
塞米拉:精通十八般武艺。
维吾尔族人:他还保护不了王妃的美丽,
一直都被蒙在鼓里。
群　众:他一直都在骗自己。
维吾尔族人:这孩子是谁的还是一个谜,
真不敢再猜下去。
塞米拉:胡说八道你会被侍卫拖走,
财产没收一无所有。
群　众:你都不知该向谁求救。
快把喜悦变成美酒装满你胸口,
就让美酒变成河流喝个够。
维吾尔族人:天下在看他出丑。
群　众:让美酒,成河流。
达伍德:我要为我爱复仇。

【收光。

【宫殿内。
【一群侍女围着摇篮在看。
侍　女:你们看,她在笑呢!
【海德尔一个人站在屋外,看着屋子里的人们。
【赵婴走上来。
赵　婴:主人!您的哥哥,大汗也里牙思火者送来了贺礼,两百匹骏马,五百头肥羊,还有……
【赵婴看着海德尔闷闷不乐的脸。
赵　婴:主人,王妃为您生下了公主,为什么您还是闷闷不乐呢?
海德尔:难道我要满怀着喜悦,去面对全城人的嘲笑吗?
赵　婴:主人!
海德尔:(挥挥手)下去吧!
【赵婴下。
【阿依莎看着丈夫闷闷不乐,想去宽慰他。她带着一群回族女孩来到海德尔身边。
阿依莎:海德尔,你怎么了?

《妒忌》
阿依莎:海德尔啊,

为什么不说话,
为何闷闷不乐,
难道是当父亲不快乐吗?
阿依莎:你看我们的孩子,她多漂亮!
回族女孩:她就像月亮,高挂在天上,
所有星星发的光,也没有她的强。
只要看一眼,你就再难忘。
所有你熟悉的歌,都会为她唱。
这么美丽的姑娘,只属于我们的王。
我们的王——
阿依莎:海德尔,给她取个名字吧!
回族女孩:看她的睫毛,又弯又长。
她长得和母亲一样,没有人能比得上。
快看她的脸庞,红得就像小太阳,只有她最亮,
让人想轻轻把她,把她捧在手掌。
海德尔:住口!
海德尔:谁竟敢在这里违心说谎,
什么和什么长得最像,
说我是她父亲,怎么感觉不到,
她哪里有什么和我相像,
相像在什么地方,真是荒唐。

【阿依莎惊呆。

【海德尔一把拽下阿依莎脖子上的项链,怒气冲冲地离开。

【"花儿"的歌声从空中飘来。

【阿依莎捡起项链,推开窗子,凝望着远方的戈壁。

《花儿》

阿依莎:往事经过梦难分难舍,

怎能把它埋在沙漠。

【达伍德出现在另一个平行时空里。

达伍德:我的心中还燃烧着火,

别在我的怀里慢慢熄灭。

阿依莎:不要再等我,我已经选择。

达伍德:没有你怎能幸福,

阿依莎:你曾是我唯一的颜色。

达伍德:你就是我最美的花朵。

阿依莎:如果爱已经离开,昨日已不再,只有抚摸项链思念。

达伍德:如果爱能重来,来结束等待,那项链是否还在胸前。

【场景恢复到王宫内。

【达伍德穿着叛军的衣服跑上舞台。

达伍德:阿依莎!

阿依莎:达伍德,你怎么会在这里。

达伍德:我答应过你,我一定会回来的!

阿依莎:这些年你去了哪里?怎么没有你的消息?

达伍德:现在没时间说这些,快和我走!

阿依莎:去哪儿?

达伍德:回别失八里,回到属于我们的地方。

阿依莎:我已经回不去了!

达伍德:我知道,阿依莎,你是为了你的家族,才嫁给了海德尔。我不在乎,只要杀了他,你就能重新回到我的身边!

阿依莎:杀了海德尔,你疯了吗?

达伍德:我当然没有疯,因为想杀他的,不只我一个人!

阿依莎:还有谁?

达伍德:很多人。阿依莎,我参加了杜格拉特的义军,他们已经混进了王城。只要杀了海德尔,我们就能幸福!

【远处杀喊声响起,王城火光冲天,人们凄惨的哀号和叛军刀剑碰撞的声音混成一片。

【阿依莎冲向窗口。

阿依莎:不——这就是你说的义军!这就是你说的幸福!他们把刀剑砍向女人和孩子,把火把扔向平民的房屋！难道为了你一个人的爱情,就可以让这么多无辜的人赔上性命?

达伍德:不,阿依莎,杜格拉特人告诉我,他们从不滥杀无辜。他们骗我!

阿依莎:达伍德,你这个自私的魔鬼,真主不会饶恕你的!

达伍德:阿依莎!

阿依莎:放开我!

《爱不是独享》
阿依莎:满城火光,有多少人在死和伤,
难道要这样,才满足自私的欲望?
停下刀枪,别再制造残杀景象,
生命不是黄沙,
生命就像花儿一样,
渴望在宁静的土壤。
它需要有一个温暖的春天开放——
生命是花,不要用严寒摧毁它,
生命是鲜花,每种颜色一样伟大,
风吹雨打,让心给花儿一个家,
别把它折断独享!

【一个士兵砍倒阿依莎。

达伍德:不——

【达伍德杀死叛军,然后冲过去抱住阿依莎。

达伍德:真主啊,我做的这一切,只是为了找回我的爱情,为什么你要夺走我的阿依莎——

阿依莎:达伍德,爱不是独享……

【阿依莎把项链交给达伍德后死去。

叛军队长:达伍德,你居然为了海德尔的女人,杀死自己的兄弟。

达伍德:她是我的女人!你们说过,只杀海德尔,可为什么……

叛军队长:哈哈哈哈!只杀海德尔?别做梦了,整个王城,不留活口!你这个懦夫!呸!杀——

【叛军队长下。

【达伍德站起身,看着王城的火光。

达伍德:不!住手!住手!

【达伍德发疯似的冲下舞台。

【喊杀声由远及近。

【海德尔和赵婴手持长刀闯进来。

海德尔:谁?

赵　婴:主人!

海德尔:赵婴,外面怎么样了?

赵　婴:都死了,连我们的大汗也……

海德尔:哥哥……

赵　婴：主人！我们就要抵挡不住了，还是快离开这里吧。

海德尔：阿依莎，阿依莎在哪儿？

【海德尔和赵婴寻找阿依莎，发现阿依莎倒在地上。

海德尔：阿依莎！

【海德尔冲上去抱起阿依莎，发现阿依莎已死。

赵　婴：主人！快走吧！

【赵婴搀扶起海德尔想要离开。

海德尔：赵婴，带孩子走！

【赵婴抱起孩子。

叛军队长：你们走不了了。

【从后面走出一伙叛军。

赵　婴：主人！

海德尔：快走！

【赵婴下场。

【叛军想要追赶，被海德尔拦住。

叛军队长：海德尔，你果然愚蠢至极，居然保护一个不属于自己的孩子。

【海德尔准备拼死一搏。

海德尔：呸！你们这些豺狼，竟敢背叛我。

【叛军发出一阵狂笑。

叛军队长：背叛？连你的王妃都背叛了你。

海德尔:你胡说!
叛军队长:胡说?那王妃的项链到哪儿去了?
【所有的叛军都笑起来。
【叛军越来越多。

《背叛》
叛　军:你应该下地狱,
你应该头落地,
你应该碎尸万段,
你应该万劫不复。
让火光更凶猛,
让喊声震耳欲聋,
胜者为王——把城门全都关上——
海德尔:别——别用死亡威胁我,我不怕!
所有的刀砍来都将会断裂——
今天只能有一个结果,
看谁把谁的头颅先砍下来庆祝。
让死亡来做主!
叛　军:毫不留情,赶尽杀绝。
海德尔:杀过的人我从来不数,
我只知道征服才是唯一出路。
权力要用命来赌。
【海德尔和赵婴在叛军中拼杀。

叛　军：谁都不是贵族，

武力才是真理。

让你躺在宝座前。

海德尔：还有谁没有背叛，我要全杀光。

烧吧仇恨的火焰，把全城烧个遍。

让火再猛烈一点，把心全烧穿。

海德尔/叛军：烧吧！烧吧！烧光！烧——

海德尔：让我的孩子去死吧！

让我的爱人也去死吧！

都死吧！

叛　军：只有把你消灭，怒火才能熄灭，

所有流出的鲜血、死去的人们，将换来握在你手中的权力。

【海德尔困兽犹斗，终于寡不敌众，从城头一跃而下。

【收光。

【一片焦土，大地满目疮痍，尸横遍野。

【达伍德一个人站在舞台上。

《赎罪》

达伍德：为何要葬送这么多的生命，

是谁残杀了我唯一的爱情,

我想要的结果已经化为灰烬,

恨刺穿了心,

难道我生来就是一个天大的罪人。

【婴儿的啼哭声响起。

【赵婴在尸体中呼救。

赵　婴:孩子,救救孩子……

【达伍德伏下身,发现赵婴的腿受伤。

达伍德:你的腿!

赵　婴:只要这孩子活着。

达伍德:你能保护你的孩子,我却不能保护我的爱人!

赵　婴:他不是我的孩子,只是一个孤儿。

【达伍德被赵婴感动,他抱起孩子,孩子笑起来。

达伍德:多么美丽的笑脸,

就像花儿一样的灿烂。

在她的眼中我看见了明天。

【达伍德把赵婴搀扶起来,两人一起托起婴儿。

合　唱:生命是爱,生命是不灭的期待。

生命是天空,那一望无际的云彩。

生命是光,是照亮黑暗的希望。

生命是火焰,它在心中怒放——

达伍德:(对着婴儿)索菲亚!
【收光。

# 第二场

【达伍德和赵婴、索菲亚在丝绸之路上行走,索菲亚渐渐长大。

【八年后,小客栈。

【两个客人在饭桌上议论着什么。

塞米拉:来呀,这是刚煮好的盖碗茶!

客人甲:这年头能喝上这个,可真不容易呀。

【三个客商上。

波斯商人:真主保佑……盖碗茶!老板娘,一碗茶!

两客商:三碗!

【塞米拉伸手要钱,三人没有。

塞米拉:没钱还想喝茶?

波斯商人:这兵荒马乱的,谁还买我们的东西啊！唉——

【三客商要走。

塞米拉：回来！（倒茶）喝吧！

【三客商坐下喝茶。

塞米拉：唉，八年了，自从杜格拉特部的军队占领了王城，我就再也没回去过。到如今，只能在这古牧地开这么个破茶馆。（看着喝茶的波斯商人等三人）还挣不到钱。

客人甲：能活着，就得感谢真主。当年要不是我跑得快，早死在王城里了。

【波斯商人凑过来。

波斯商人：朋友，要不要刀！

【两个客人上。

客人乙：天杀的杜格拉特人，真主会惩罚你们的。

塞米拉：哟，这是怎么啦？

客人乙：杜格拉特士兵牵走了我的马、牛和羊，连一个铜币都不给！

塞米拉：什么士兵啊，简直就是土匪！

客人丙：你们听说没有，有一个英雄，专杀杜格拉特部的士兵。

塞米拉：真的？

客人甲：他经常趁着夜色潜入王城，无论是谁，只要看到他的眼睛,就人头落地。

塞米拉:吹牛!

哈萨克族商人:是真的,传说他不是人,是白狼的化身!

众　人:白狼?

《白狼》

哈萨克族人:一道白光闪过,又掉多少人头。

维吾尔族人:还没反应过来,快得让人发抖。

波斯商人:齐里卡拉谁也不是对手,

人们都说他是白狼的化身。

哈萨克族人:他从不伤害百姓(来无踪),

只杀杜格拉特部士兵(去无影),

传说他有一双锐利的眼睛。

哈萨克族人:他一个人独闯十万人军营,

波斯商人:所向披靡。

哈萨克族人:他一刀穿过一百个人的心,

维吾尔族人:出手无情。

哈萨克族人:咔——嚓——

塞米拉:你这么说谁能相信,只是空口无凭。

连样子都没有看清,还夸他有天大本领。

【达伍德带着赵婴和索菲亚上。

塞米拉:这不是达伍德吗? 一年多没见,又到波斯去买香料了?

达伍德:这次走得远,我出波斯向西,到了君士坦丁堡。

塞米拉:你还住在别失八里吗?

达伍德:是啊,很多和我一样在西域讨生活的人,都住在那儿。

【塞米拉看着达伍德的身后的大箱子。

塞米拉:看看你,又发财了吧。

【索菲亚跑上来。

索菲亚:(对大家行礼,说了一句波斯语)嗨梅胡比。

【波斯商人站起身。

波斯商人:胡比!

塞米拉:你们说什么天书呢?

【赵婴走上。

赵　婴:索菲亚在用波斯语向大家问好呢!

塞米拉:好,好!索菲亚都长这么大了!几岁了?

索菲亚:八岁!

【索菲亚跑开。

赵　婴:索菲亚,小心别摔了!(随下)

【达伍德和大家打招呼,看到哈萨克族人扮成白狼的样子。

达伍德:亲爱的朋友,你怎么穿成这样?

哈萨克族人：我是白狼！

达伍德：谁？

塞米拉：就是那个专杀杜格拉特人的白狼啊！听说他好像是为了一个人。

波斯商人：是女人？

维吾尔族人：是美人？

塞米拉：不知道！

合　唱：都说世上每个男人都会为情而困。

他是不是也是一个，为爱情杀人的人。

哈萨克族人：他攻进城门，要过无数人的命。

他的目光像雄鹰，比死亡还静。

管他是什么人，还是白狼化身。

只要他杀敌人，他就是个英雄。

合　唱：英雄和我们大不同，用刀砍他都不痛。

英雄喝酒脸都不红，所以他是个英雄。

也许他是疯子，他根本没有名字。

【海德尔摇晃着上场，倒地。

达伍德：朋友，朋友！

客人乙：不好了，一队杜格拉特部的士兵朝这边来了。

塞米拉：真是阴魂不散，我诅咒他们。

海德尔：我要将你们的头颅，全都砍下来！

【塞米拉吓得躲了起来,三个客人拿着自己的行李自顾自地离开。

塞米拉:达伍德,别管他了,快走!

【达伍德看看门外,又看看海德尔,然后把海德尔装进放香料的箱子里。

【一伙叛军闯进来,四处寻觅。

【达伍德坐在箱子上。

叛军首领:有没有见过一个男人,走路摇摇晃晃,穿着破旧的衣裳。

达伍德:(摇摇头)眼下这年头,谁还有崭新的衣裳。

【叛军搜查完,没有发现海德尔。

【叛军离开,回过头发现达伍德的箱子。

叛军首领:这是什么?

达伍德:上好的波斯香料。

【叛军队长凑过来。

叛军首领:打开!

【达伍德从箱子上站起来,并没有动手。

【叛军首领狐疑地看着达伍德,然后伸手开箱子。

【达伍德趁叛军首领不注意,伸手抽出他腰间的刀杀死他。

【叛军围了上来。

【海德尔从箱子里跳出来,挥舞着长刀。

海德尔:你们这些豺狼,我要将你们碎尸万段!

【海德尔和叛军打斗,杀死叛军,一个叛军夺门而逃,被达伍德拦住,海德尔赶上来把叛军杀死。

【海德尔和达伍德望着满地的死尸。

海德尔:(擦干刀上的血迹)为什么要救我?

达伍德:(扔掉手里的刀)你是白狼吧?

海德尔:你也相信白狼的传说吗?

达伍德:我不相信白狼,但我相信英雄。

海德尔:相信陌生人,是会吃苦头的。

达伍德:如果不是陌生人,是朋友呢?

《总有一天》

海德尔:也许你不知道我是谁,但我记得谁为我解围。

生死对我已经无所谓,我要重拾我的光辉。

达伍德:敌人的敌人是朋友,朋友有难就该相救。

如果兄弟你想报仇,我愿为你出手——

合　唱:请——带上你的心愿,让理想不改变,让它实现。

我期待不远的那一天,我们会再次相见。

谁都有自己的梦,谁都梦想得到那光荣——

兄弟请保重。
英雄的心,只有英雄的心才能通,才能懂,
就像坚韧的刀配合锋利的剑,血才会红。
谁不想自己成功,哪个男人不想被世人赞颂。

【达伍德和海德尔告别。
达伍德:兄弟,如果有一天,你路过别失八里,我请你喝酒。
海德尔:我们别失八里见。
【收光。

## 第三场

【十五年后,别失八里。
【清晨的集市,一群波斯少女走来。
【索菲亚跑上。
【各色人群来来往往。人们摆上回族的美食,波斯的手工艺品,维吾尔族的艾特莱斯,中原的瓷器等商品,准备开始新的一天。

《别失八里》
索菲亚:阳光又洒满崭新的一天。
众　人:索菲亚,索菲亚,索菲亚,索菲亚,索菲亚!
索菲亚:塞米拉大婶,你们好!
众　人:索菲亚,索菲亚,美丽的姑娘——

她像弯弯的月亮,高高挂在那天上。

天上所有的星星,都没有她明亮。

别失八里的姑娘,迷人的目光。

别失八里的月亮,无法阻挡。

多么美丽的索菲亚(看上你一眼),在别失八里绽放(没忧伤)。

一百只鸟儿在奏鸣,只有她的声音最动听。

世上最美的爱情,她根本不用找寻。啊——

索菲亚:这里每个人都是那么亲,笑容就是最多的表情。

父亲总是讲,人与人都一样。

众　人:啊——都一样——

索菲亚,索菲亚啊——

勇敢恋爱吧(勇敢爱),你要勇敢爱。

在别失八里就能找到她,就能找到爱。

索菲亚:天上的云彩为谁飘过来。

众　人:啊——索菲亚,看一眼,你就会爱上她——

骑上最快的骏马,最快的骏马。

到别失八里找她,她在哪啊?

太阳会把你烤化,还敢不敢爱她?四周一片黄沙,哎呀呀。

如果你冒险爱上她,快到别失八里相见。

在索菲亚的双眼(拨动她心弦),找到那句誓言(和她爱恋)。

【一群蒙古族小伙子鼓励着哈桑接近索菲亚。

蒙古族男人:索菲亚,多么美丽的脸庞。

你一定,爱上她——

别逃避,她那迷人的目光,

快和她,相爱吧——

【一群维吾尔族女青年围绕在索菲亚身旁。

维吾尔族女人:看他的眼睛,多么的明亮,

就像夜空中,美满的月光。

挺起的胸膛,宽厚的肩膀,

天山一样的脊梁。

这样的男人,站在你身旁,

温柔的话语,火热的目光。

索菲亚,不要犹豫害怕,

快走到他的身旁。

啊——

美丽的姑娘,如花的脸庞,

不要辜负这,青春好时光。

去吧,索菲亚鼓起勇气,

让爱情围绕在身旁。

【回族人用"揣袖"的方式在进行交易。

大　叔：天啊！你们为什么打架啊？

索菲亚：大叔，他们没打架，在做买卖呢！

【回族人用"揣袖"的方式在进行交易，像舞蹈一样。

【一个中原商贩抱着一个瓷瓶，在集市上寻找买家。

【人群中，一个老人迎面和中原商贩撞到一起。

【瓷瓶落地摔碎。

【大家围拢过来。

中原人：我的瓶子！

老　人：我不是故意的，（带着哭腔看着地上的瓶子）这……这得赔多少钱呀……

中原人：我……我也不知道呀！

塞米拉：瓶子是你的，你怎么不知道价钱呢？

中原人：这瓶子一直在我家里，我拿出来就是为了询个价钱的。

路人甲：这样的瓶子，我昨天在一个商人那里见过，至少要二十个银币。

【老人听到这话，更加担心了。

老　人：天哪，就是把我卖了，也不值二十个银币呀！

路人乙：（对路人甲）你胡说，瓶子跟瓶子还不一样呢，你怎么能断定就值二十个银币呀！

【两个路人争论起来。

【达伍德和赵婴上。

赵　婴：大清早的,这是怎么了?

达伍德：各位,有话好好说,别吵架呀!

塞米拉：原来是达伍德和赵婴二位先生,你们来得正好。(走到赵婴身边)您是中原人,应该知道这样的瓶子值多少钱吧!

【赵婴走上前,看了看地上的碎片。

赵　婴：从碎的地方看,这个瓶子胎质粗松,应该不是官窑的。

塞米拉：没问您官窑民窑,问您值多少钱。

赵　婴：……不值多少钱。

塞米拉：咳,这不跟没说一样吗?

中原人：既然不值钱,就算了。

【达伍德笑了笑,拍了拍中原人的肩膀。

达伍德：善良的朋友,你从哪儿来?

中原人：从中原来。

达伍德：为什么要卖这个瓶子呀?

中原人：家里什么都没有了,就剩这个瓶子了,老婆生了病,我想拿它换点粮食。

达伍德：那为什么你又不让大叔赔了呢?

中原人：穷人是不该为难穷人的。

达伍德：真主会保佑你的。不过你这个瓶子,总得有个价钱呀!

【达伍德低头捡起碎片辨认着。

达伍德:(向大家宣布)我看过了,这是官窑的青花瓷,值二十个银币。

中原人:(有些不相信地)不可能。(看赵婴)刚才这位先生……

【赵婴看着达伍德,好像明白了什么。

赵　婴:确实值二十个银币,刚才我看错了。

老　人:天哪! 就是把我卖了也不值二十个银币啊!

达伍德:老人家不用担心,这钱……我给!

哈　桑:等一等!

【哈桑从看热闹的人群中站出来。

哈　桑:这瓶子不值钱!

众　人:啊?

【索菲亚从达伍德身后站出来。

索菲亚:你胡说!

《真的假的》

哈　桑:什么眼神真假不分,还自称是一个公平的人。

破土一堆这都不认,却还要夸它价值连城。

索菲亚:什么标准孤陋寡闻,

什么才是假什么才是真,

凭什么说你能区分。

哈　桑:青花的染料是苏麻离青,烧出的青花蓝白分明,可这明明就不值钱。

索菲亚:那是你孤陋寡闻,见识短浅,谁说染料是鉴别好坏的标准。

哈　桑:他不辨真伪。

索菲亚:是你不分是非。

哈　桑:错的他说成了对。

索菲亚:你说什么才是独一无二——

合　唱:弥足珍贵——

哈　桑:这是什么智慧。

索菲亚:没眼力好愚昧。

哈　桑:结局不能挽回(好愚昧)。

合　唱:没有经验,真假不辨。

看——答案它很简单很简单真假不辨(为何隐瞒)。

别以为没经验出狂言,没有经验真假不辨,

口出狂言、大胆冒犯。

赵　婴:(走到哈桑身边)小伙子,你的眼力不错,这瓶子是不值钱。

哈　桑:那为什么他说……

【赵婴笑着看着达伍德。

达伍德:(看着哈桑,自嘲地笑着)我不知什么是标准,只知道善良就是真。

索菲亚:也许你只是,

哈　桑:看到它外表。

索菲亚:却没有看到,

哈　桑:善良那一层。

达伍德:打碎的它仅仅是一个花瓶,

千万不要打碎了良心(原来是我没有看清,只见其表不见内心不分明)。

【达伍德把一个钱袋交给中原人。

中原人:不,我不能要您的钱。

达伍德:拿着吧,希望能帮你渡过难关。

中原人:(看着达伍德)我从中原一路颠沛流离,没想到在这茫茫戈壁,遇上了你这样的好人啊!

赵　婴:在别失八里,我们都是好朋友,你们也留下来吧!

老　人:不走了!漂泊了半辈子,我就在别失八里歇歇脚啦!

【大家渐渐散去。

哈　桑:对不起先生,我太冒失了!

达伍德:(笑着摇摇头)诚实是没有错的!索菲亚,回家吧!

【达伍德和赵婴带着索菲亚下。

索菲亚：哎！（和达伍德离开，又走了回来）你叫什么名字啊？从哪儿来？

哈　桑：我叫哈桑，从战场上来。

索菲亚：战场？

哈　桑：是啊！

索菲亚：我讨厌打仗！打仗会死很多人，我的阿爸阿妈，就死在了战乱中。是赵婴抱着我逃了出来，他的腿，就是为了保护我受伤的。

哈　桑：那达伍德先生……

索菲亚：是他救了我，所以他就是我阿爸，是我最亲的人！

哈　桑：我也是孤儿，家人都死于战争。

索菲亚：那你为什么还要打仗？

哈　桑：因为只有打仗，才能消灭邪恶，才能让更多的孩子，不再变成和你我一样的孤儿！

索菲亚：你来别失八里干什么？

哈　桑：替我的主人寻找一个人！

【两人边走边谈，场景发生变化。

【达伍德望着他们的背影，感慨万千。

《思念》

达伍德：往事难忘幸福的时光，我双手抓住回忆不放。

　　我失去了那最美的月亮,留孤独在身旁。

　　当初把她收养,她已长成大姑娘,

　　她的那一双眼睛为何与你,就像水里的倒影一模一样,

　　让我又仿佛见到了你的脸庞。

　　你曾说爱绝不是独享,就像花儿属于温暖春天,

　　可我的心只属于那一条项链,对你的爱不断——

【"花儿"的歌声在空中回荡……

【达伍德凝望星空,渐渐隐去……

【漫山遍野的花海中,哈桑、索菲亚在道别。

索菲亚:你要找的人,找到了吗?

哈　桑:茫茫人海,到哪儿去找啊!

索菲亚:也许,我阿爸可以帮忙。

哈　桑:算了,我该回到战场上去了!

索菲亚:为什么?

哈　桑:我要帮我的主人,完成复国大业。

索菲亚:那你什么时候回来?

哈　桑:等全天下都不再打仗的时候!

索菲亚:可我会想你!

【索菲亚凝视哈桑。

《花儿》

索菲亚：自从见到你那一刻起，花和春天不分离。

哈 桑：我的心全都被你占据，永远都盛开在我的梦里。

【索菲亚把项链戴在哈桑胸前。

索菲亚：这一串项链，

合 唱：戴在你胸前（代表你的爱）。

就像我们不变的誓言（象征我们永恒的誓言）。

不管你走多远（请你把我等待），

哪怕在天边（我一定会回来），

也能感到我的温暖（约好又在这里相见）。

哈 桑：索菲亚，等我回来！

【哈桑下，索菲亚注视着远方，依依不舍。

【收光。

## 第四场

【达伍德家。
【家人们在练习拐子。
索菲亚:能不能到外面去练,烦死了!
达伍德:索菲亚!
【赵婴带着一个哈萨克族装扮的年轻人走上来。
赵　婴:这就是达伍德先生。
【年轻人向达伍德行礼。
赵　婴:主人,他受伤了!
达伍德:怎么伤的?
年轻人:……摔了。
索菲亚:什么?
年轻人:摔了——
达伍德:摔哪儿了?

年轻人:……腰上。

索菲亚:什么?

年轻人:腰上——

索菲亚:哪儿摔的?

年轻人:……马上。

【达伍德给年轻人检查。

达伍德:伤得不轻啊!索菲亚,叫几个人来!

【索菲亚下。

达伍德:(对年轻人)你等等!

【达伍德和赵婴下去搬桌子。

【索菲亚带着四个家人拿着杠子上。

索菲亚:就是他!

家人甲:就这小子?

家人们:交给我们了。

【家人走近年轻人,年轻人躲避。

索菲亚:你跑什么?

年轻人:我怕!

索菲亚:那你还治不治啊?

年轻人:……不治……

索菲亚:不治就走!

【达伍德和赵婴抬桌子上。

达伍德:(呵斥)索菲亚!

【赵婴走过来。

赵　婴:别害怕,这是回族的杠抬按压!

年轻人:什么?

赵　婴:杠抬按压,专治腰伤。

年轻人:真的?

家人们:没嘛达!

索菲亚:快去呀!

【达伍德和赵婴扶年轻人趴下。

索菲亚:(对家人)使点劲儿!

达伍德:索菲亚,熬贴膏药来!

【索菲亚下。

达伍德:小伙子,忍着点!

【达伍德给年轻人治疗。

达伍德:索菲亚!

【索菲亚拿着一贴膏药冲出来,贴在年轻人腰上。

年轻人:哎哟——

索菲亚:又怎么了?

年轻人:烫啊!

【达伍德给年轻人重新贴膏药。

达伍德:怎么样?

年轻人:舒服!

【年轻人从桌子上爬下来,活动活动,高兴地跳舞。

索菲亚:你好了没?

年轻人:(得意地)好了!

索菲亚:好了就快走!

【年轻人走到达伍德面前。

年轻人:谢谢!(看了看索菲亚)哼!

【年轻人下。

家人们:哈哈哈哈!

【索菲亚不耐烦地挥手把家人轰下去。

【赵婴和达伍德对视,笑着下。

【达伍德走到索菲亚身边。

达伍德:索菲亚,你怎么了?

索菲亚:没什么!

达伍德:其实,哈桑是个不错的小伙子!

索菲亚:他为什么要走,为什么不留在这里陪我,别失八里不好吗?

达伍德:可他是一个男人!

索菲亚:男人就该离开心爱的女人吗?

【达伍德想起往事,满眼伤感。

达伍德:如果你爱他,就等着他。

索菲亚:你又没爱过。

达伍德:爱过,就在这别失八里!

《爱不是独享》

达伍德：爱情就像花儿一样,怀抱就是它的土壤,每一朵都是她甜蜜的脸庞,在春天里生长。

索菲亚:只有懂爱的人才能把它欣赏。

【达伍德陷入回忆中,舞台后区灯光亮起,达伍德回忆中的阿依莎出现。

阿依莎:爱是阳光(相爱的人),

花儿只愿为它开放(充满了幻想),

爱需要分享(两颗心永不分),

彼此不断传递芬芳(爱就是信仰)。

爱是难忘(爱是合唱),

才能到达地久天长,

才会地老天荒(是永恒飞翔的翅膀)。

【阿依莎注视着达伍德和索菲亚,仿佛看到了最心爱的人。她幸福地微笑,带着微笑隐去。

【索菲亚凝视着达伍德,好像听懂了阿爸的歌声。

索菲亚:爱是阳光,花儿只愿为她开放,

爱需要分享,彼此不断传递芬芳。

爱是难忘,才能到达地久天长,

它才会得到地老天荒。

【索菲亚深情地依偎在达伍德身边。

【收光。

## 第五场

【别失八里城。
【卖瓷器的中原商人在这里摆摊做起了小买卖。
【索菲亚上场,提着一个篮子。
塞米拉:索菲亚!
索菲亚:塞米拉大婶,你好!我阿爸说最近时疫横行,让我给大家送药粉。
塞米拉:达伍德真是个好人。
【索菲亚把药递给中原商人。
索菲亚:大叔,最近过得好吗?
中原客人:很好,多亏了你父亲的照顾。
【被达伍德治过伤的年轻人上。
年轻人:老板娘……(看见索菲亚,转身要跑)再见!

索菲亚:站住,你跑什么呀!
年轻人:我怕!
索菲亚:(笑)别怕,上次是我不对。
【索菲亚把药粉递给年轻人。
索菲亚:这是我阿爸给你的药,祝你健康!
年轻人:(行礼)谢谢!
【三个客商上场。
波斯商人:老板娘,一碗茶!
塞米拉:来啦!
【塞米拉伸手向三人要钱。
【波斯商人把一个银币放在塞米拉手里。
波斯商人:三碗!
塞米拉:好——
【塞米拉给三人倒茶。

《说英雄》
哈萨克族人:别失八里(真是个)好地方,
葡萄美酒和明媚阳光(和明媚阳光)。
尽管在打仗,
生活有些动荡(生活有些动荡),
我们的快乐没有影响(没有影响)。
我早已经,深深地爱上了这个地方,
生活快乐,心情舒畅。

群　众：这里的人来自四面八方，他们各种各样。

哈萨克族人：他们各种各样。

中原人：你们听说了没有，有一位英雄，带领军队打回了王城，杜格拉特部节节败退，战争就要结束了。

一女孩：(对索菲亚)战争结束，你的哈桑就要回来了。

【索菲亚不好意思地躲在一边。

塞米拉：这群豺狼，终于有人肯收拾他们了。就是不知道这位英雄是谁！

波斯商人：他的名字，我们不知道，但是他的传说，你肯定听过。

塞米拉：什么传说？

哈萨克族人：白狼的传说呀！

哈萨克族人：传说中的英雄他已经胜利。

波斯商人：在城头插上大旗。

哈萨克族人：他的目标就是别失八里。

波斯商人：阻挡不了他的铁骑。

群　众：马上就会发生一场大战役。

哈萨克族人：英雄就是出现多年的白狼。

波斯商人：谁都在把他赞赏。

哈萨克族人：也有人说他早就已经疯狂。

波斯商人:喜欢用血染红战场。

群　众:如果你相信白狼。

三客商:你绝不会失望。

【哈桑上,一身戎装。

塞米拉:不管英雄还是疯子,要是他当上新的大汗,我一定拥戴。

众　人:对!

哈　桑:索菲亚!

【索菲亚顺着声音看过去,手里的篮子掉在地上,扑过去抱住哈桑。

索菲亚:哈桑!是你吗?你真的回来了,走,跟我回家。

【哈桑面无表情,只顾拉着索菲亚往前走。

索菲亚:哈桑,你怎么了,为什么不说话?我阿爸也很想你。

哈　桑:(冷峻地)我也很想他!

【场景变化。

## 第六场

【达伍德家。
【达伍德和赵婴上,看见哈桑,张开双臂想要拥抱他。
达伍德:年轻人,你终于回来了!
赵　婴:我们的小索菲亚,这次该安心了吧!
【哈桑猛地抽出长刀。
【达伍德和索菲亚都被哈桑的行为惊呆了。
赵　婴:年轻人,你怎么了?
索菲亚:哈桑,你要干什么?他是我的阿爸。难道你认不出他是谁了吗?
哈　桑:他是谁?(用刀指着达伍德)告诉我你到底是谁?
达伍德:我……

【哈桑从怀里拿出项链。

哈　桑：是你，玷污了高贵的阿依莎王妃，让我的主人海德尔一生都活在耻辱之中！是你，帮杜格拉特人混进了王城，葬送了那么多百姓的生命！这一切，今天要你偿还。

赵　婴：年轻人，你听我说，事情不是你想的那样。海德尔他是……

哈　桑：住口，我谁的话都不相信。（对达伍德）你这个懦夫！

达伍德：哈桑……

《复仇》

哈　桑：狡诈虚伪，到底是谁？是你玷污王妃！

达伍德：事过多年，我还以为，往事它早已化成灰。

哈　桑：是你犯下了天大的罪，到死你也不忏悔。

今天终于把你找到（日日夜夜饱受煎熬，杀了我就一了百了），看你还能往哪里逃（你想报仇不要手软，血债让我还）。你别以为天不知道你就可以逍遥（日日夜夜饱受煎熬），有仇必报不要求饶（一了百了），看我的刀（血债让我还）。

达伍德：如果你杀了我，请告诉海德尔。

索菲亚:快放下你的刀。
哈　桑:我一定要杀他报仇。
达伍德:快动手吧,让我的血,
浇灭往日(你要杀他／我为主人),
欠下他的仇恨(那就先杀我吧／报曾经的仇恨)。
【达伍德挺起胸膛面对哈桑的刀。
索菲亚:不——
【索菲亚冲出来挡在达伍德面前。
哈　桑:为什么?
索菲亚:他是我父亲,他拯救了我,
我们都曾经被抛弃,更懂得什么是爱。
可还记得那条项链? 那不是一串恩怨,
就让爱把一切仇恨化成烟。
我来还,我是他女儿,我来还,我来还!

【哈桑的刀落在地上,痛苦万分。
哈　桑:天哪,我该怎么办!
【赵婴急上。
赵　婴:不好了! 达伍德,海德尔包围了别失八里!
【所有人都惊呆了。
【舞台后区出现城外的景象,硝烟弥漫。
【士兵们用长矛敲击着地面,声势如排山倒海。

海德尔:交出达伍德,否则血洗别失八里。

《围城》
哈　桑:我的主人他已经来到,
他早已经磨好了杀人的刀,
今天一切的罪恶,难逃公道,
你欠下所有的债,都要偿还,
哪怕走到天涯海角。
达伍德,你是个懦夫,
都不敢承担错误。
难道你害怕海德尔,
都不敢打开城门面对他。
塞米拉:哈桑,难道他已经发疯了,索菲亚。
哈　桑:我的眼睛很雪亮。
群　众:哈桑已经变豺狼。
哈　桑:我的主人,海德尔,
他的命令,不能反抗。
群　众:只怪我们,当初瞎了眼睛,
居然收留一只,披着羊皮的狼。
哈　桑:我的眼睛很雪亮。
群　众:哈桑已经变豺狼。
哈　桑:打开城门,就会有真相——
群　众:叛徒,不能轻饶;罪恶,血债血偿。

群　众：生存，死亡，已到最后关头，
是战是降，不同结果，谁能左右，
生存，死亡，已经不能等候，
别失八里，就算毁灭，不向恐惧低头。
索菲亚：现在的我已经失去方向，
真希望这只是噩梦一场，
我的爱人简直像个魔鬼，
是什么让你变了模样——
哈　桑：我的爱人啊，希望你把我原谅，哪怕再也不能，陪在你身旁——
索菲亚：多么希望，一切都是假象；多么希望，这只是梦一场；多希望你，回到我身旁——
群　众：不要相信，他的花言巧语，你的哈桑，已经变成豺狼；不要相信，他的花言巧语，你的哈桑，已经变成豺狼；不要相信，他的花言巧语，不要相信，不要相信，你的哈桑，是一只豺狼——
塞米拉：决战时刻已来到，
不要退缩，不求饶，
死没什么大不了，
别失八里，生也罢，死也好。
磨快你的钢刀，
流血是你的荣耀，
英雄从不被死亡吓倒——

【众人议论纷纷。

群众甲：怕什么，大不了跟他们拼了。

群众：对，拼了！

达伍德：不！不能为我一个人，让所有人都卷进这场灾难。打开城门！

索菲亚：不，阿爸，海德尔会杀了你！

达伍德：不然他会杀更多人。

达伍德：不要为我，再葬送无辜的生命，

在别失八里，不能有流血和牺牲。

曾经的错，面对才能得到解脱，

找回我心中，一片晴朗天空。

达伍德：打开城门！

索菲亚：阿爸！

哈　桑：达伍德先生，你不是懦夫，你是真正的勇士，我出城去向我的主人解释。

达伍德：我犯下的错，今天由我自己来改正吧！（拉住索菲亚和哈桑的手）答应我，好好活着！

【大家都安静下来，等着达伍德的决定。

达伍德：（平静但不容置疑地）打开城门——

【场景变化，巨大的城门打开了，达伍德走出城门。

【城外的士兵列队,海德尔从高处走下来,和达伍德见面。

【两人都惊呆了。

海德尔:为什么是你?

达伍德:为什么是你?

《为什么是你》

海德尔:你是我一生最恨的人,可为何又对我有大恩。

我怎能去感谢一个仇人,砍头与下跪有多矛盾。

达伍德:我的爱曾被你抹杀,把它埋在戈壁的沙。

命运偏偏把我惩罚,让我来拯救你。

海德尔:不,你是我的敌人,我该对你满怀仇恨,即使你对我有天大的恩赐,为了我的爱,我的尊严,我要毁灭你。

【海德尔拔出刀。

【哈桑冲上,挡在达伍德面前。

哈　桑:主人,背叛你的人是我,你杀了我吧!

【索菲亚冲出来挡在哈桑面前。

索菲亚:不——因为我,哈桑才背叛了你,要杀就杀我吧!

【海德尔举着刀。

海德尔:不要以为你们的勇敢会让我手软,不要用花言巧语迷惑我的决心。就算同情的眼泪化作汪洋大海,也无法洗刷我心中的仇恨。你们都是该死的人,我一个也不会放过。

【赵婴大喊。

赵　婴:住手!

【赵婴走出来。

赵　婴:我的主人,二十多年了,可还记得赵婴吗?

【海德尔愣住,盯着赵婴。

海德尔:赵婴,真的是你?

赵　婴:是我!

【达伍德也惊呆了。

达伍德:赵婴,这到底是怎么回事?

赵　婴:索菲亚,是海德尔和阿依莎的女儿!

【所有人都惊呆了,各怀心事。

《命运》

赵　婴:当年我抱着幼小的她逃出了那一场火。

海德尔:难怪她的眼睛还有她的模样像阿依莎。

索菲亚:你们都在说什么,谁才是我真正的父亲?

达伍德:难道这就是我的命运?怎么这样的无

情。

　　如果这是天做的决定,我认命。

　　达伍德:真主啊,你要用这样的方式,让我偿还罪孽吗?

　　合　唱:谁愿意来解开这把锁来接受这个结果,

　　用曾经犯的错来惩罚想逃避的每一个人。

　　岁月你无可奈何,就像陷入大沙漠无法挣脱。


　　赵　婴:达伍德,我的朋友,这都是我的错,要是我早一点告诉你,这一切就都不会发生了。

　　【赵婴转过身看着海德尔。

　　赵　婴:主人,如果你的心中充满仇恨,那就用我的血把它洗刷干净吧!

　　海德尔:为什么? 为什么你们都要保护他!

　　赵　婴:因为我们和你一样,都是被他拯救的人!

　　索菲亚:赵婴,这是怎么回事? 你到底是谁,他到底是谁,我的父亲,到底是谁?

　　赵　婴:你的父亲,就是站在你面前的人!

　　【赵婴指着海德尔。

　　【索菲亚走到海德尔面前注视他。

　　【海德尔逃避着索菲亚的目光。

　　索菲亚:不,他不是!

　　海德尔:你说得对,我不是你父亲,我的王妃始终爱着另一个男人,她怎么会生下我的骨肉!

达伍德:海德尔,不要让嫉妒蒙住你的眼睛,不要用仇恨玷污阿依莎的清白。(走近海德尔)我一生都爱着阿依莎,但阿依莎始终都是你的王妃。

【海德尔看着眼前的众人。

海德尔:达伍德,是我毁了你一生的幸福,你该杀了我,可为何我看不到你眼中的仇恨?

达伍德:因为仇恨让我们失去了最爱的阿依莎。是真主宽恕了我的罪孽,让我把你们的孩子养大,让她带给我一生难忘的幸福。现在,我的心中再也没有仇恨。海德尔,爱不是独享——

《爱不是独享》

达伍德:往事已过去,只藏在记忆里,

你还是我心中的唯一。

让我相信爱,把仇恨忘记,

不再逃避自己。

你说爱就像那串项链,

你有爱,它就不会断,心就不会散。

【达伍德把索菲亚带到海德尔面前。

达伍德:海德尔,我欠你的一切,今天都还给你!

【海德尔凝视着索菲亚,仿佛看到了阿依莎。

海德尔:索菲亚!

达伍德:索菲亚,叫阿爸!

索菲亚:……阿爸!

【所有人都被索菲亚的声音融化了。

达伍德:别让仇恨的利剑(别用仇与恨交换),

把善良的心都刺穿(让伤口与痛苦纠缠)。

那样什么都不能改变(恨的深渊永远填不满),

只会留下遗憾(就像在自残)。

合　唱:太阳会升起(爱不能,用怀疑),

月亮会下落(只能尝到苦涩),

还有什么不能放过(只要两颗心紧紧的结合),

别沉默,就让爱变成歌(就能够把一切迷雾冲破)。

达伍德:生命是花,不要用严寒摧毁它,

生命是鲜花,每种颜色一样伟大,

海德尔:风吹雨打,让心给花儿一个家,

别把它折断独享!

合　唱:生命是爱,生命是不灭的期待。

生命是天空,那一望无际的云彩。

生命是光,是照亮黑暗的希望。

生命是火焰,它在心中怒放——

【收光。

# 尾声

画外音:1388年,黑的儿火者继位东察合台大汗,定都别失八里。1391年,黑的儿火者遣使东行,归顺明朝。1405年,回族航海家郑和开始了七下西洋的旅程。据历史记载,有一批精通航海的回族水手跟随郑和完成了人类航海史上这一壮举,至于他们的名字,无从考证……

《生命的光》

合　唱:生命就像光,散发着热量,
在每一个地方陪伴你出发,把冰雪融化。
生命就像花,在心中开放,
用芬芳去歌唱,爱它需要分享,才能让梦飞翔。
生命就像光,让天空明亮,

翅膀不再逃荒,光能愈合伤,泪不在眼眶。
生命就像花,晴朗的脸庞,
春天般的清香。
爱是一种希望,
心善良才会生长。

【全剧终。